KB175682

퇴직, 나로 살아가는 즐거움

나에게 미안해서 내가 되기로 했다

페이퍼로드
paperroad

지은이 유인창

퇴직,
나로 살아가는
즐거움

나에게 미안해서 내가 되기로 했다

살고 싶은 대로 살아보자. 그게 그렇게 어려운 걸까?
맞다. 어렵다. 살고 싶은 대로 사는 것 이전에
먹고 사는 게 있다.

월급 말고는 다른 방법이 없을까?
맞다. 없다. 최소한 내가 살아온 길에서는 그렇다.

길을 바꿔 보면 어떨까? 그게 될까?

사표를 썼다. 별일은 아니다. 누구나 언젠가는 쓰는 사표다. 유난 떨 일도 아니다. 많이 늦은 나이의 사표니 더 그렇다. '개인 사정으로 사직합니다.' 그렇게 썼다. 사실은 개인 사정 그런 거 없다. 회사를 더는 다니기 싫었을 뿐이다. 남들 다 쓰는 대로 형식적으로 썼는데, 쓰고 나니 개인 사정이 생겼다. 월급이 안 들어오고 쌀독이 걱정된다. 사표는 예지몽이다.

예상 못 했던 일은 아니다. 회사에 다니지 않으면 당연히 월급이 없겠지. 그래도 해보고 싶었다. 돈보다 삶이라는 선택. 단 한 번만이라도 그런 선택을 해보고 싶었다. 돈을 포기하는 건 힘들었다. 가진 것도 모아 놓은 것도 풍족하지 않기에. 돈 대신 택하고 싶은 내 삶이라는 게 특별할 것도 대단할 것도 없기에 더 그랬다. 내가 선택한 건 조금만 버는 것이다. 많이 편안해지는 것이다. 몸과 마음을 담보로 더 벌고 더 여유 있게 사는 걸 그만두기로 했다.

조금만 벌자.

딱 한 번쯤은 살고 싶은 대로 살아보자.

더 늦기 전에. 그렇게도 살아진다면

한번은 해보자. 아니라면 그때 다시 생각하자.

그렇게 사표를 썼다. 조금 벌고 많이 불안하고 꽤 편안한 삶. 지금 그 길을 걷고 있다. 이 길이 어디로 나를 끌어갈지는 모르겠다. 그러나 한가지는 알겠다. 불안하지만 즐겁고, 재미있으며 꽤 편안하다는 것.

'퇴직하려면 최소 00억 원은 있어야 한다.' '퇴직연금, 국민연금, 개인연금 3층 연금 탑을 쌓아라.' '월세 같은 자금 파이프라인을 만들어라.' 퇴직이나 노후에 관련한 자료를 찾으면 흔히 접하는 말이다. 그 정도는 돼야 퇴직 생활이 편하다고 한다. 그런데 궁금하다. 대한민국에 그런 조건을 갖추고 퇴직하는 사람이 얼마나 될까. 또 궁금하다. 그 정도가 안되면 정말 사는 게 비참해질까. 나 역시 경제적 여유를 갖추지 못했다. 평생 열심히 직장생활을 했지만 가진 건 별로 없다. 많은 연봉을 받아본 적 없고 재테크에는 아예 능력이 없다. 겁이 난다. 불행한 노후가 바로 닥쳐오지는 않을까 걱정이 앞선다. 걱정을 등에 업고 안개 속으로 발을 내디뎠다. 잘 보이지 않는 길로 들어섰다. 더 늦기 전에 내 생각과 욕망을 따라서 가기로 했다.

결승선 앞에서 스스로 멈추기

소설《장거리 주자의 고독》(창비, 2010)에서 주인공 스미스는 절도범으로 소년원에 갇힌다. 그는 달리기를 좋아하고 재능도 뛰어나다. 소년원 원장은 스미스에게 당근을 내민다. 전국 대회에서 우승하면 안락한 생활을 제공하겠다는 것. 원장이 노린 건 우승이 가져올 자기의 명예와 이익이었다. 마침내 열린 대회에서 1등으로 달리던 스미스는 결승선 직전에서 멈춰 선다. 우승은 뒤에 오던 다른 선수의 것이 됐다. 스미스는 원장의 허영심을 만족시켜주고 싶지 않았다. 우승 뒤에 보장된 편안한 생활도 걷어찼다. 앞으로 가야 할 길을 자기가 결정한 것이다. 스미스에게 돌아온 건 힘든 노동이었지만 후회하지 않았다.

직장생활은 어디를 향해 뛰는지도 모르는 달리기 같았다. 대가로 받는 당근만 쳐다보고 달렸다. 직장생활이라는 달리기에서 한 번만이라도 내 의지대로 결정하고 싶었다. 조금만 조금만 더 뛰고 나서 멈추겠다고 외치고 또 외쳤다. 그러다 보았다. 저 멀리 보이는 결승선을. 이대로 달리면 멈춰 설 기회조차 주어지지 않을 것 같았다. 스스로 결정하지 못하는 내가 싫었다. 결승선 앞에서 달리기를 멈췄다. 소설의 주인공 스미스처럼. 그 자리에서 첫 번째 삶은 끝났다. 그 끝남은 내가 결정했다.

두 번째 삶의 방향은 살고 싶은 대로 사는 것이다. 자기결정권이 있는 시간을 사는 것이다. 그런 일을 하기로 했다. 그렇게 하고 있다. 하고 싶은 일, 자기결정권. 두 가지가 조합된 일을 하고 있다. 금전적으로는 힘들지만 모든 게 충족되는 일은 없다는 걸 알기에 큰 불만은 없다. 내 인생의 스토리를 스스로 설계하고 그 길을 따라 걷는다. 이 길이 가장 좋은 길은 아닐 것이다. 그러나 내가 원하는 길이다. 밀려가는 삶이 아니라 끌어가는 삶을 산다. 누구에게나 확실한 건 삶이 유한하다는 점이다. 이런 기회가 또 주어지지 않을지도 모른다.

많이 불안하고 꽤 편안한 도전

나이 든 사람, 초보 프리랜서. 이 조합은 불안 그 자체다. 불안과 동거하는 두 번째 삶, 그 길에 들어섰다. 파도에 흔들거리는 쪽배를 탄 듯하다. 흔들리는 쪽배 위에서 꿈꾼다. 배고프면 먹고 졸리면 잠자는 단순한 생활을, 꿈꿨던 대로 살아보는 즐거움을, 소유보다 존재에 욕심내는 기쁨을.

선불교 대주선사는 배고프면 밥 먹고 졸리면 잠자는 수행법을 이야기했다. 지금 하는 일에 평상심으로 몰두하라는 뜻이다. 아무 생각 없이 밥 먹고 아무 걱정 없이 잠드는 건, 가장 쉬워 보이지만 가장 어렵다. 그 높은 경지에 닿으려는 게 아니다. 불안한 현실이 두렵기에 단순해지려는 것이다. 멀리 보지 않는다. 내 발끝만 보고 한 발씩 걷는다. 몸과 마음이 평온하고 즐거운 쪽으로 걷는다. 조금 벌지만,

꽤 편안하다. 인생에서 특별한 것을 구하지 않는다. 이제라도 꿈꿨던 대로 살아갈 뿐이다. 이 길의 끝에서 나의 웃음과 만날 것이라 믿는다. 인생이라는 색 바래가던 그림이 그럴듯하게 완성되고 있다.

3부_ 퇴직, 질문이 필요한 시간

4부_ 이제야 내가 되어간다

5부_ 내일은 더 아름다울 나

1부

나에게
미안해서
프리랜서가 됐다

가장 값진 선물,
시간

이쯤에서 마침표를 찍기로 했다. 휙~. 주사위를 던졌다. 로마의 카이사르처럼. 주사위는 그렇게 던져졌다. 내 자리에서 던진 주사위는 높이 치솟더니 사뿐히 부장 책상 위로 내려앉았다. 사표가 되어.

로마 원로원을 견제하기 위해 폼페이우스, 크라수스와 함께 삼두정치를 펼친 카이사르는 갈리아 원정에서 연승을 거둔다. 카이사르의 명성이 높아지자 폼페이우스는 카이사르에게 등을 돌리고 원로원과 결탁해 카이사르를 로마로 소환한다. 기원전 49년의 일이다. 당시 로마법은 장군이 성 안으로 들어오려면 루비콘강 밖에 군대를 두고 들어오게 되어 있었다. 법을 따르면 폼페이우스에게 죽을 것이 뻔했다. 카이사르는 루비콘 강을 바라보며 고민에 빠진다. 군대를 이끌고 강을 건넌다면 내란이다. 고민을 거듭하던 카이사르는 군대와 함께 루비콘강을 건넌다. "주사위는 던져졌다."는 말을 남기고.

주사위를 던진 카이사르는 제국을 원했다. 주사위를 던진 나는 나로 살기를 원했다. 로마를 원하는 것과 나로 살기를 원하는 것의 무게는 다르지 않다. 두 주사위의 무게는 동등하다. 카이사르가 로마를 차지하는 것만큼이나, 내가 나로 살아가는 것 역시 어렵기는 마찬가지다.

. . .

사표를 써야겠다고 생각했다. 왜냐고? 그렇게 물어보면 뭐라고 말해야 할까. 이렇게 말하면 될 것 같다. 나에게 미안해서. 나에게 더 미안해질까 봐. 뭐가 그렇게 미안하냐고? 그러게, 뭐가 그렇게 미안했을까. 이런 것, 그냥 이런 게 미안했다.

영혼 없이 회사에 너무 오래 버려둔 게 미안했다. 언제부터인가 영혼을 떼어놓고 일했다. 하고 싶은 일을 하라고 월급 주는 줄 알았다. 착각이었다. 시키는 일을 하라고 주는 게 월급이었다. 오랜 시간을 착각 속에 살았다. 사람이 둔해서 그랬는지 착각에서 깨어나는 데 긴 시간이 걸렸다. 덕분에 회사를 오래 다닐 수 있었다. 영혼을 떼어 놓으니 일하기 편했다. 시키면 시키는 대로, 하라면 하라는 대로 하면 됐다. 가끔 로봇이 된 건 아닐까 생각했다. 그리고 가끔 화가 났다. 영혼을 떼어 놓지 못하는 날은 영혼을 세탁하며 일했다. 돈세탁, 국적 세탁도 한다는데 영혼 세탁쯤이야 어려운 일도 아니었다. 내 생각 없이 남의 생각으로 일하고 살아가는 게 미안했다. 그렇게 긴 시간을 영혼 없이 앉아있도록 한 게 미안했다.

내 마음이 자꾸 나빠지는 게 미안했다. 회사생활 한두 해도 아닌데 왜 그런지 사람이 더 싫어졌다. 어차피 이익사회인 회사에서 자기 이익을 추구하며 사는 게 당연하다고 생각하면서도 영악한 사람들이 자꾸 미워졌다. 속으로 욕하고 겉으로 외면했다. 나이 들수록 마음이 부드러워지고 더 많은 걸 수용할 줄 알았는데 오히려 거꾸로 가고 있었다. 마음이 자꾸 나빠지는 게 느껴졌다. 미움과 욕으로 마음이 가득 차는 게 싫었다. 사람 미운 거야 어쩔 수 없다고 해도 내 마음이 나빠지는 걸 보는 건 힘든 일이었다. 나빠지는 마음을 그대로 내버려 두고 있다는 게 미안했다.

돈이라는 명목에 인생을 썩히는 것 같아 미안했다. 일하는 재미도 의미도 없이 단지 월급만 바라봤다. 월급 받으려고 회사 다니는 건 지극히 당연했지만, 그것 받겠다고 굳은 표정으로 하루하루를 사는 게 답답했다. 가진 재산이 넉넉하다면 회사에서 이렇게 시간을 죽이지 않을 것 같았다. 멍하니 월급을 쳐다보고 있는 내가 싫었다. 돈만 포기하면 될 일이었지만 그게 쉽지 않았다. 그런 상태로 시간은 잘 갔다. 인생을 흘려보내는 게 미안했다. 결국은 후회할 시간을 꾸역꾸역 살아내는 것 같아서 미안했다.

"그 나이에 왜? 얼마나 남았다고."

사표를 내겠다고 했을 때 가장 많이 들은 소리가 그런 소리였다. 맞는 소리다. 사표라고 하기엔 쑥스러운 면이 있었다. 1년밖에 안 남았는데. 1년만 있으면 정년으로 자동 면직처리인데 사표라니. 조금만 참으면 성과급도 받을 수 있었다. 꽤 많은 액수였다. 국민연금 납부도 최대한으로 채울 수 있었다. 30년 넘게 부담한 고용보험이 있으니 실업급여라는 달콤함도 누릴 수 있었다. 그 모든 걸 눈앞에서 놓아버렸다. 참 이상한 사표였다. 이해가 안 되는 사표라는 말에 나도 고개를 끄덕였다. 내가 봐도 그랬으니까.

왜라는 질문에 대답할 여러 가지 이유를 만들어 봤지만

그 이유라는 것도 상식적이지는 않았다. 어떤 말을 갖다 붙여도 이상한 느낌은 가시지 않았다. 그럴 때 가장 좋은 대응 방법은 정면 돌파다. 솔직하게 있는 그대로 말하는 거다. 그런데 차마 말할 수가 없었다. 입 밖으로 소리가 나오지 않았다. 있는 그대로 말한다면 사표의 이유는 이것이어야 했다. '나에게 미안해서. 나에게 더 미안해지기 싫어서.' 이 이상한 말을 누가 이해해줄까. 나에게 미안해서라니. 그것도 60이라는 나이에.

. . .

달랑 1년도 남지 않은 근무 기간. 어떤 일이 생기든 말든 묵묵히 앉아있으면 그냥 지나갈 시간이었다. 눈 깜짝하면 지나가는 게 1년이다. 그 정도야 모르지 않았다. 그런데 그 1년이 견디기 힘들었다. 아무렇지도 않은 듯 견뎌낼 자신이 없었다. 30년 넘게 견뎌왔는데 인제 와서 무슨 소리냐고 한다면 달리 할 말은 없다. 분명한 건 어떤 임계점에 도달한 것 같다는 느낌이었다. 더는 견디지 못할 것 같은 느낌이 너무 강했다. 그 상황에서 더 참으라며 나를 억지로 끌고 가기 싫었다.

남에게 미안하지 않게 살려고 많이 애쓰며 살았다. 어느 정도는 그렇게 살아온 거 같다. 거꾸로 생각해보지는 못했다. 나에게 미안하지 않게 살기. 그 간단한 명제를 생각해본 적이 없었다. 그렇게 살려고 애써본 적이 없었다. 남은 배려하면서 정작 자기 자신은 외면했다. 힘들다고 어깨를 두드려주지 않았고 아프다고 보듬어 주지도 않았다. 팽개치듯 나를 방치해왔다. 그 시간이 아주 길었다. 불현듯 많이 미안했다.

조금은 덜 미안해하고 싶었다. 30년 넘게 회사생활 하면서 나에게 미안한 짓을 많이 했다. 그것만으로도 이미 충분했다. 이쯤에서 멈추고 선물을 주면 어떨까. 세상에서 가장 귀한 선물, '시간'을 나에게 주기로 했다. 돈으로도 살 수 없다는, 돈보다 더 값진 선물. 회사를 더 다녀야 할 시간을 마음껏 쓰도록 허락하기로 했다. 꽤 많은 돈을 내주고 시간을 얻었다. 영원히 벗어나지 못할 가정에 대한 책임감에도 살짝 눈을 감았다. 완전할 수는 없어도 어느 정도는 자유롭게, 하고 싶은 일을 하면서 살아보라는 선물을 줬다. 나에게 말했다. 정말 미안하다고. 다시 말했다. 이 선물 받고 화 풀어버리라고. 미안한 짓을 너무 오래 시켜서, 그래서 사표를 썼다. 나에게 미안해서.

천직에서
도망치다

"그 사진 봤어요? 난민들이 아기라도 살려달라며 철조망 위로 던지는 거?"

2021년 8월 아프가니스탄 사태 이야기였다. 교육 공연 분야에서 일하는 후배와 점심을 먹는 중이었다. 후배는 마음이 너무 아파 샌드아트로 난민을 위로하는 그림을 그렸다고 했다. 난민을 위해 뭐라도 하고 싶은데 그것밖에 할 수 있는 게 없었다고 했다. 만남이 있기 며칠 전 모든 신문에 그 처참한 사진이 실렸다. 아프가니스탄이 탈레반에 점령당하면서 벌어진 일이었다. 미군은 전면 철수를 결정했고 아프가니스탄을 떠나지 못한 난민들의 탈출이 있었다. 목숨을 건 탈출이었다. 어떤 사람은 이륙하는 비행기 바퀴에 매달렸다가 하늘에서 추락했다. 부모들은 외국군 부대의 철조망 위로 아기들을 던졌다. 아기들만이라도 살려달라고 눈물을 흘리며 절규했다.

당연히 나도 보았다. 신문기자라면 모를 수 없는 사건이었다. 처절한 그 기사를 나는 스쳐 가듯 보면서 신문을 넘겼다. 아프간이 이런 상황이구나, 이런 일이 있었구나, 알고는 있어야 한소리 안 듣겠지… 업무에 필요해서 억지로, 부서장에게 '그것도 모르느냐'는 소리를 들을까 봐 대충 봤다. 휘리릭 넘기던 신문을 던져놓고 의자에 기대어 잠을 청했다. 가슴이 미어지고 한숨이 흘러나올 일들이 나에겐 업무에 필요한 어떤 일, 부족한 잠보다 덜 중요한 일이었다. 뉴스를 업으로 삼고 있는 내가 눈으로만 넘긴 기사를 후배는 마음으로 읽었다. 후배뿐일까. 숱한 사람들이 그 비극적인 상황에 경악하고 가슴 아파했다. 사람이면 당연히 그런 생각이 들 내용이었다. 너무 가슴이 아팠다는 후배 이야기를 들으며 생각했다. '내가 있는 자리를 떠나야 하는 거 아닐까. 이렇게 일하는 사람이 신문을 만들면 안 되는 거 아닐까.'

. . .

한때 내가 하는 일이 천직이라고 생각했다. 세상 소식 가득 담아서 신문 만드는 일은 매력적이었다. 세상을 조금이나마 더 낫게 변화시키고 싶었다. 어떤 역할을 하고 싶었다. 마감 시간을 맞추느라 등에 땀을 흘리며 이리 뛰고 저리 뛰는 게 재미있었다. 내가 만들어낸 신문에 쏠릴 독자 시선을 상상하면 짜릿했다. 큰 뉴스가 터지면 흥분했고 동물처럼 온몸의 감각을 동원했다. 금전적 보상이 적어도 상관없었고 승진 같은 건 관심도 없었다. 만족스러웠다. 그랬었다. 그랬던 적이 있었다.

시간이 흐르고, IMF 외환위기가 터지고, 나이를 먹었다. 많은 게 달라졌다. 신문 제작 환경도 시스템도 급속도로 달라졌다. 방향이 정해진 일을 하고 또 했다. 주어지는 일만 하고 또 했다. 사회를 변화시키는 어떤 역할을 제대로 하는 건지 의문이 자꾸 커졌다. 내가 생각하는 옳고 그름과 내가 만드는 신문이 생각하는 옳고 그름은 달랐다. 때때로 옳고 그름의 기준조차 헷갈리기 시작했다. 신념을 바탕으로 하는 일의 단점은 맞고 틀림의 명확한 기준을 정할 수 없다는 것이다. 누군가 이게 옳다고 생각한다는데 그걸 틀렸다고 단정하기는 힘들다. 생각의 차이라고 하면 어떤 것도 틀린 게 없다. 보편 타당성이나 상식이라는 기준이 있지만, 보고 싶은 것만 보는 사람에게는 그것조차 의미가 없다. 뉴스는 그저 빨리 처리해야 하는 일이 되었고, 하라는 일을 아무 생각 없이 해내는 회사원이 되었다. 자긍심은 자취를 감추고 자괴감이 그 자리를 차지했다. 열정은 냉정으로 바뀌었고 급기야는 방관으로 굳어졌다. 천직이라는 단어를 자주 생각했다. 이건 천직일까, 천벌일까. 좋아하는 일을 한다면서 억지로 끌려가는 이런 상황이라니. 신념과 가치는 사라지고 월급만 남았다. 그래도 다녔다. 돈을 벌어야 하니까. 먹고 살아야 한다는, 언제 어디서나 통용되는 명목이 있었으니까.

만족스러웠던 일, 천직이라고 생각했던 일, 그게 오히려 떠나려고 할 때마다 발목을 잡았다. 시스템에 대한 불만이 자꾸 쌓여갔지만, 자리를 떠나지 못했다. 일 자체에는 불만이 없고 여전히 매력적이라는 묘한 논리로 스스로 발목을 묶었다. 떠난 뒤에 돌아보니 모든 건 핑계였다. 천직이어서가 아니라, 하고 싶은 일이어서가 아니라, 갈 곳이 없어서였다. 꽤 안정적인 직장과 월급을 놓치고 싶지 않았던 것뿐이었다. 직장을 떠나 생존할 능력이 없기에 자기를 속이고 있었을 뿐이었다.

비겁했다. 용기는 없었고 생계는 두려웠다. 가끔은 튀어나오는 용기를 꾹꾹 내리눌렀다. 비겁하게 천직이라는 이름에 매달려 있었다. 좋아하는 일이지만 자기 생각을 버려야 하고 회의감 속에 일해야 한다면 그걸 천직이라고 할 수 있을까. 꿈꾸던 일이었더라도 갈수록 본질이 퇴색한다면 무언가 선택해야 했다. 알고 있으면서도 눈을 감았다. 자꾸 뒤로 밀었다. 밀고 밀어서 정년이 눈앞에 보이는 때까지 왔다. 그때야 작은 용기를 내고 어렵게 다른 길을 선택했다. 떠날 때도 비겁했던 셈이다.

비겁했던 천직을 비겁하게 떠나면서 바랐던 건, 덜 비겁하게 사는 거였다. 비겁하지 않게 할 수 있는 일을 하고 싶었다. 내 생각을 바르게 세우고, 내가 믿는 대로 쓰고 말할 수 있는 일을 꿈꿨다. 열정이 소비 당하지 않고 에너지로 쌓이는 그런 일이 있을 것 같았다.

살면서 두 번의 사표를 썼다. 취업하고 얼마 지나지 않아 한 번, 직장생활을 얼마 남겨놓지 않고 또 한 번. 사표처럼 싱거운 게 있을까. 내용은 언제나 달랑 한 줄이다. '일신상의 이유로 사직합니다.' 어떤 회사에 다니든 어떤 일을 하든 다르지 않다. 그 한 줄 뒤에는 엄청난 무게의 번민이 숨어있지만 세상에서 가장 가벼운 깃털만큼도 드러나지 않는다. 사표는 모두 갈증을 품고 있다. 내가 낸 두 번의 사표도 갈증 때문이었다. 첫 번째 사표는 큰 무대를 향한 갈증이었고 두 번째 사표는 내 삶의 무대를 향한 갈증이었다. 첫 번째 사표가 더 높게 날아오르려는 사표였다면, 두 번째 사표는 더 낮게 내려앉는 사표다. 완전한 이직, 내 인생의 일로 이직하고 싶었다. 하고 싶은 일을 하며 남은 인생의 시간을 충만하게 만들고 싶었다.

. . .

무얼 해도 가슴이 설렐 그런 나이가 아니라는 건 안다. 가슴이 뛰는 걸 원한 게 아니다. 가슴이 덜 아픈 걸 원했다. 억지로 끌려다니며 일하는 게 가슴 아팠다. 언제까지 몇 살까지 이렇게 살아야 하나. 그런 혼잣소리가 끊임없이 귓가를 맴돌았다. 회사인간이 아니라 나로 살고 싶었다. 나이가 들수록 갈증은 더 심해졌다. 내 인생을 살고 싶다는 갈증이었다. 하루에 한 끼쯤 밥을 굶어도 억지로 하는 일에서 벗어나고 싶었다.

사표가 갈증을 해결해 주지는 않는다. 단지 바가지 하나를 손에 드는 것이다. 스스로 물을 찾아 나서야 한다. 물이 어디에 있는지, 얼마나 있는지도 알 수 없다. 내 삶을 향한 갈증이 시원하게 풀린다는 보장은 없다. 보장은커녕 목 한 번 축이겠다고 바가지 하나 들고 절벽 아래 강으로 뛰어내린 모양새다. 누가 봐도 날개조차 없이 추락하는 꼴이다. 그런데 말이다. 강에 닿지도 않았는데 갈증이 절반은 풀렸다. 신기하다. 회사를 떠난 것만으로 갈증이 풀리다니.

　남은 건 나머지 절반의 갈증이다. 빠른 속도로 바닥에 부딪히기 전에 퍼덕여야 한다. 날개가 없으면 맨손이라도 결사적으로 퍼덕여야 한다. 속절없이 바닥에 닿기 전에 날개를 펴고 사뿐히 강에 내려앉아야 한다. 그래야 원 없이 물을 들이켜고 나머지 갈증을 풀 수 있다. 지금 날갯짓을 하는 중이다. 정신없이 퍼덕이는 중이다. 갈증을 풀기 위해서. 내가 생각하는 가치대로 살기 위해서. 나로 살기 위해서.

꿈을 따라간다

야간대학원에 다닐 때였다. 뭔가를 더 배워보겠다고 시작한 야간대학원. 혹시나 나중에 도움이 될지도 모르겠다는 생각에 시작한 대학원이었다. 수업이 끝나면 같은 업종에서 일하는 사람들과 가끔 술 한 잔을 기울였다. 나누는 이야기는 듣지 않아도 뻔한 내용이었다. 회사생활의 답답함, 나이 들어가는 걱정, 직장을 그만두는 상황이 되면 무얼 하나……. 어디서나 직장인들이 하는 이야기였다. 서로 비슷한 상황이었다. 회사를 그만두면 나는 뭘 할 수 있을까. 나이를 먹어가며 문득문득 그런 생각이 들었다. 상시 구조조정이 자리 잡던 시기였다. 나는 뭘 할 수 있을지 판단이 필요했다. 퇴직 이후라는 시기가 닥칠 때 붙잡을 지푸

라기라도 마련하고 싶었다.

　많은 생각을 해봐도 머릿속에서만 맴돌다 끝나고 말았다. 뚜렷이 손에 잡히는 건 없고, 이러다 모든 게 뜬구름처럼 날아갈 것 같았다. 어느 날 수업에 들어가는 대신 휴게실로 갔다. 노트를 펴고 쓰기 시작했다. 내가 할 수 있는 게 뭐가 있을까. 공무원이라고 썼다. 교수라고 쓰고 대통령이라고도 썼다. 떠오르는 대로 천천히 썼다. 할 수 있겠다 싶은, 하고 싶은 모든 걸 썼다. 노트 세 장이 가득 찼다. 직접 써놓으니 구체적으로 보였다. 이건 가능하겠다. 이건 안 되겠다. 어느 정도 판단이 들었다. 생각만 하던 것과는 달랐다. 단어가 아니라 실체가 되어 다가왔다. 쓰고 난 뒤엔 연필을 들고 하나씩 지워나갔다. 이래서 안 되는 것들, 저래서 하기 힘든 것들은 연필로 빗금을 쳤다. 대부분 빗금을 피해 가지 못했다. 체력이 약해서, 재능이 없어서, 성격에 안 맞아서, 하기 싫어서, 그렇게 살고 싶지 않아서……. 이번에는 빗금이 노트를 가득 채웠다. 그러다 눈이 멎었다.

'책 쓰기'

　젊을 때 꿈이 툭 튀어나왔다. 나, 아직 여기 있어. 그런 소리도 들렸다. 다른 어느 것보다 마음을 끌었다. 이건 할 수 있지 않을까. 다른 어느 것보다 가능성이 있어 보였다. 그렇게 책 쓰기를 시작했다.

단숨에 책이 나왔을까? 1년 만에? 2년 만에? 첫 책이 나오는데 5년이라는 시간이 걸렸다. 그것도 운이 좋았다. 첫 책이 나온 뒤 돌아보고야 알았다. 가능성이 있다고 생각한 건 섣부른 판단이었다. 그걸 몰랐기에 멋모르고 달려들 수 있었다. 직장 이후의 삶에 대한 고민, 접어두었던 꿈 주워들기. 책 쓰기의 시작은 그 지점이었다. 한 권을 쓰고 나면 또 다른 책이 욕심났다. 그렇게 한 권 또 한 권을 썼다. 직장 생활하면서 글을 쓰고 책으로 엮는 건 고단한 작업이었다. 그럴만한 시간도 에너지도 넉넉하지 않았다. 사용할 수 있는 시간을 모두 동원해야 했다. 짬짬이, 때로는 기를 쓰고 글 쓰는 데 온 힘을 쏟았다. 책 쓰기 말고는 내가 할 수 있는 게 없다고 생각했다. 첫 책이 나온 이후 십 년이라는 시간을 그렇게 보냈고 네 권을 냈다.

글쓰기와 책 쓰기에 관한 강연으로도 이어졌다. 글쓰기 커뮤니티에서 후배들 교육을 맡았고 개인적으로 책 쓰기 동호회를 만들어 글과 책을 좋아하는 사람들과 교류를 이어갔다. 공공도서관 강연도 몇 년째 해오고 있다.

책을 써야겠다고 생각한 지 15년이 지났다. 그동안 많은 변화가 있었다. 극적인 변화? 그런 건 없다. 인생이 확 달라지지도 않았다. 내가 낸 책이 베스트셀러가 되지도 않았고 세상의 주목을 받아본 적도 없다. 한 번쯤 시선을 끄는 사람이 되길 기대했지만, 기대로 끝났다. 유감스럽지만 말이다. 달라진 게 아예 없었던 건 아니다. 직장 이후의 삶, 두 번째 삶을 살고 있느냐고 누가 묻는다면 이렇게 대답할 수 있다. "그렇다." 지난 15년은 아무것도 하지 않아도 지나갔을 시간이다. 그 시간 동안 내고 싶은 책을 냈고, 작가가 됐고, 강사가 되었다. 그리고 지금은 작가이자 강사로 산다.

두 번째 삶, 작가, 강사라고 그럴듯하게 말해도 사실 그럴듯한 상황은 아니다. 두 번째 삶도 힘겹기는 첫 번째 삶과 크게 다르지 않다. 작가라고 하지만 내는 대로 잘 팔리는 책을 쓰지는 못하고 있다. 강사로 이곳저곳 다니기는 해도 인기가 대단하거나 지명도가 있는 것도 아니다.

그래서일까. 가끔 그런 생각이 들곤 한다. 지금 내가 가고 있는 이 길이 맞는 걸까? 이 길을 따라서 오랫동안 가면 그 길 끝에서 나는 웃을 수 있을까? 세상살이가 어려운 건 보장된 것이 아무것도 없기 때문이다. 지금 걷고 있는 길이 아닌 어떤 길을 가든지 똑같은 회의와 두려움이 함께 할 거라는 건 잘 안다. 아직도 모든 건 미지수다. 이 길을 가는 게 내 삶을 기쁘게 만들어 줄지 의문이다. 그래도 간다. 한 번은 해보고 싶은 일이었고, 걸어보고 싶은 길이었기에. 무엇보다 나의 판단을 믿는다.

직장 이후를 고민하며 노트 세 장을 채워가던 그 모습이 선연하게 떠오른다. 세상에서 내가 할 수 있는 모든 걸 적었던 그 노트가 보일 듯하다. 연필로 빗금을 치다가 멈추었던 단어를 기억한다. 그 단어를 보며 흔들리던 울림이 기억난다. 그 울림이 이끌어온 지금의 자리, 지금의 내 모습. 내가 걷기에, 두 번째 삶으로 살아가기에 흡족한 길이라고 생각한다. 젊어서 꿈꾸었던 길, 다시 만난 꿈을 나이 들어 따라간다. 가보지 않으면 후회로 남을 걸 알기에.

· · ·

가끔 그런 생각을 한다. 지금 다시 노트에 적어보면 어떤 결과가 나올까. 아마 다르지 않을 거다. 책 쓰기라는 세 글자에서 또 멈췄을 거다. 그 세 글자에 빗금을 좍좍 치고 지나갔다면, 아마 다시 돌아와서 맴돌았을 거다. 다른 무언가를 선택했더라도 최소한 그 자리에서 많이 번민했을 거라는 걸 안다. 결국 나는 읽고 쓰는 일로 인생의 마지막 시간을 보내고 싶어 했을 거다. 그래서 간다. 돌아보면 나는 나를 만들어 왔다. 10년이 넘는 시간 동안 지금의 내 모습을 만들어 왔다. 적지 않은 나이에 여전히 나를 만들어 간다. 짙은 안개 속으로 보이는 길을 따라서 간다. 안개가 짙어지고 길을 잃을 수도 있다. 그 길의 끝에서 웃지 못할 수도 있다. 그래도 간다. 숨어있는 욕망을 찾았고 그 욕망이 흐르는 대로 걷는다. 꿈을 따라 길을 만들어 간다.

내가 프리랜서로
사는 이유

　고전소설 서유기의 주인공 손오공이 하늘나라에서 하도 깽판을 치니 부처님이 나선다. 부처님은 이렇게 제안한다. "내 손바닥을 벗어나면 옥황상제 자리를 넘겨주마. 대신에 내기에서 지면 고생할 각오 해라." 온갖 신통력을 지닌 손오공은 코웃음 친다. 근두운을 타고 횡 날아가다 보니 다섯 개의 기둥이 나온다. 부처님 손바닥을 훨씬 벗어나 세상 끝에 왔다고 생각한 손오공은 기둥에 낙서하고 오줌까지 갈겨서 표시를 남긴다. 그런데 돌아와서 보니 그 기둥들은 부처님 손가락이었다. 뛰어봤자 부처님 손바닥 안이라는 말이다.

사람 사는 것도 부처님 손바닥 안이다. 큰 틀에서 보면 거기서 거기다. 누군가는 날고 누군가는 기는 것 같아도 나이 들어 어느 시점에서 보면 별다를 게 없다. 어디서나 볼 수 있는 비슷비슷한 인생일 뿐이다. 좀 다르다고 한들 지금까지 지구에서 살았던 인류의 행적을 뛰어넘는 인생은 없다.

퇴직자의 생활도 그렇다. 자기의 자리에서 치열하게 살던 사람들은 퇴직하면서 고민에 부딪힌다. 살아온 길이 다르니 고민도 다를 것 같은데 그렇지 않다. 퇴직자의 고민은 그때까지 어떻게 살아왔든 신기할 정도로 똑같다. 사람 사는 거 다 거기서 거기라는 말이다.

퇴직자가 고민하는 건 크게 세 가지로 나눌 수 있다. 돈, 일, 몸. 각자 상황에 따라 순위는 달라지겠지만 이 범주를 크게 벗어나지 않는다. 무척 단순해 보이는 이 고민은 퇴직자의 풀기 힘든 퍼즐이다. 이 세 가지 퍼즐을 명쾌하게 풀어낼 수 있다면 행복하고 편안한 퇴직 생활을 즐길 수 있다. 그러나 그런 사람은 드물다.

· · ·

내가 프리랜서로 살아야겠다고 생각한 건 퇴직 이후에

예상되는 그리고 실제 마주쳤던 세 가지 고민을 어느 정도 해소할 수 있다는 판단에서였다.

돈 문제는 노후 자금이 적은 사람에게 아픈 족쇄다. 노후 준비를 제대로 못 했다는 건 간단히 말해서 돈이 부족하다는 말이다. 나이 들어 편안하게 먹고 살만큼의 돈이 없으면 그것만큼 큰 고민이 없다. 퇴직 전이나 퇴직 후나 생활의 불안은 경제적인 부분에서 온다. 퇴직 전에는 많든 적든 소득이 있지만 퇴직 후에는 소득이 아예 없어진다. 그 상태에서 노후 생활비가 부족하다면 불안은 더 커진다. 노후 자금 부족이라는 말의 기준은 서로 다르다. 집 포함 순자산 30억 원을 가지고 있어도 연명 수준이라고 말하는 사람이 있다. 엄살이 아니다. 그 사람 생활방식이 그런 것이다. 반면에 10억 원만 있어도 그럭저럭 살겠다는 사람도 있다. 큰 걱정 없이 살 수 있다는 뜻이다. 맞고 틀림을 가를 수도 없고, 가를 이유도 없다. 모두 자기 방식으로 살아갈 뿐이다. 30억 원이 있든 10억 원이 있든 또는 그 이상이든 이하든 공통점이 있다. 모두 고민이라는 것이다. 퇴직자에게 돈은 항상 고민이다.

나처럼 노후 준비가 되어있지 않은 사람이라면 돈 고민에서 벗어나기 힘들다. 죽을 때까지 먹고살 돈이 넉넉하면 얼마나 좋을까마는 그런 사람이 얼마나 될까. 액수가 얼마든 소득을 만들어야 하는 사람이 많다. 퇴직 이후에 실감하는 게 있다. 소득을 만드는 게 생각보다 훨씬 어렵다는 것이다. 퇴직 전 만큼 버는 사람도 있겠지만 현실적으로는 최저임금으로까지 눈을 낮춰야 한다.

원하는 소득의 형태는 크게 두 가지로 나뉠 것이다. '조금이라도 더 많은 돈 vs 최소 생활에 필요한 돈'. 나는 최소 생활에 필요한 돈을 경제활동의 기준치로 정했다. 최소 생활비를 벌 수 있으면 만족하기로 했다. 조금이라도 더 많은 돈을 추구하지 않는 이유는 현실적으로 어렵기 때문이다. 조금 벌고 그 돈에 맞춰 살기로 했다. 그렇게 돈을 버는 방식으로는 프리랜서가 제격이다. 무명의 프리랜서가 벌 수 있는 돈이 얼마나 될까. 많을 리 없다. 소득이 생기면 그게 얼마든 다행이라고 생각한다. 소득을 늘리는 게 아니라 소비를 최대한 줄인다. 물론 더 벌 수 있기를 바란다. 그러나 회사라는 조직을 떠난 상황에서 조금의 돈이라도 벌 수 있다는 것에 만족한다.

돈 문제는 자연스럽게 일로 연결된다. 퇴직자에게 일은 계륵 비슷하다. 더 이상 일하기는 싫은데 일을 안 하고 있으면 뭔가 허전하다. 이러지도 저러지도 못하는 게 일이다.

퇴직자들은 평생을 지겹도록 일했으니 더 일하고 싶지 않다고 한다. 그 힘들었던 직장을 다시 다니라고 하면 손사래 칠 일이다. 그런데 막상 놀아보면 마음이 달라진다. 퇴직자의 첫째 소망은 휴식이다. 쉬면서 일하느라 지친 몸과 마음을 달래고 싶어 한다. 그런데 생각지도 못한 일이 생긴다. 번아웃이라도 올 것 같았던 몸이 2~3일 쉬고 나면 대부분 생생해진다. 달랑 며칠이면 몸을 회복하는데 충분하다는 사실에 놀란다.

그 이상 쉬다 보면 노는 게 조금 지루하다는 느낌이 든다. 이제 뭘 하지? 뭘 하지 않으려고 퇴직한 건데 자기도 모르게 뭘 할까를 고민한다. 직장인으로 평생을 살아오면 유전자가 달라진다. 성과를 내야 한다는 유전자가 도장처럼 몸에 찍힌다. 무언가를 해야 한다고 몸과 마음이 자꾸 부추긴다. 그래서 퇴직자는 고민한다. 일을 또 할 것인가, 그만할 것인가.

나의 경우는 다시 일을 시작했다. 그렇지만 방식은 달리하고 싶었다. 이번에는 일의 방식을 내가 택하기로 했다. 일단 정규직은 피한다. 정규직으로 고용될 기회도 있었지만 거부했다. 정해진 시간에 출퇴근하고 하루 중 긴 시간을 남에게 내주는 방식은 싫다. 더 많은 돈을 준다고 해도 업무량이 많고 시간을 마음대로 쓰기 힘들면 하지 않는다. 많은 돈을 받으려면 많은 업무와 스트레스는 피할 수 없다. 그런 방식의 일은 하지 않을 생각이다. 권태와 부지런함의 중간쯤. 그 지점이 내가 추구하는 일의 방식이다. 이런 조건을 충족하는 일자리는 현실적으로 거의 없다. 프리랜서라는 방식만 가능하다. 그래서 프리랜서로 일한다. 내가 택한 방식의 일을 하면서 한가한 듯 바쁜 듯 일한다. 물론 그것도 내 마음대로 되지는 않는다.

퇴직자가 고민하는 또 하나는 몸이다. 출근할 직장도 꼭 해야 할 일도 없기에 자칫하면 한없는 늘어지는 일상을 보낸다. 늘어져도 퍼져도 부담은 없으니 그게 문제는 아니다. 그러려고 퇴직한 사람도 있을 테니 말이다. 문제는 무기력과 우울함이다. 편안함을 넘어 지루해지고, 지루함이 계속 이어지면 몸이 늘어지면서 무기력에 빠진다. 사회와의 단절, 지금까지 겪어보지 못한 외로움은 자연스럽게 우울감으로 연결된다. 우울증이 신문기사에서나 보는 일이 아니라는 걸 몸으로 느끼게 된다. 몸과 마음의 급격한 부적응을 체험하면 걱정이 치고 올라온다. 돈이나 일 만큼이나 몸도 중요하다는 걸 실감한다. 이럴 때 가장 좋은 방법은 움직이는 것이다. 밖으로 나가서 무언가를 하고 사람을 만나는 게 최고의 자가 처방이다. 운동이나 취미생활도 좋고 봉사활동도 큰 도움이 된다. 이것도 저것도 마땅치 않다면 일을 선택하는 것도 괜찮은 방법이다. 돈이 필요하지 않아도 일을 하겠다고 나서는 사람 중 많은 경우는 무기력과 우울함을 이기기 위해서다.

프리랜서로 내가 하는 일을 크게 나누어 보면 책 쓰기, 글쓰기와 독서모임, 강의 등이다. 모임은 사람들과 어울리는 기회가 되고 서로 이야기를 나누는 소통 통로가 된다. 모임에 참여하려면 몸을 움직이게 되고 혼자만 지내는 외로움에서도 벗어나게 된다. 강의는 적당한 스트레스와 긴장감을 준다. 사람들 앞에서 어떤 이야기를 한다는 건 쉬운 일이 아니다. 항상 긴장되고 항상 두렵다. 그런 적당한 스트레스가 무기력에 빠지지 않게 지지대 역할을 한다. 건강한 스트레스다. 강의 듣는 분들과 마음이 통하면 그만큼 즐거운 일도 없다. 대화로 연결되고 마음이 이어지면 강의는 스트레스가 아니라 기쁨이 된다. 무기력과 우울함이라는 수렁에서 몸과 마음을 쉽게 꺼내준다.

퇴직 이후 누구나 한 번은 고민에 빠지게 되는 문제가 돈, 일, 몸이다. 얽히고설킨 세 가지 고리를 따라가 보면 결국 도달하는 건 삶이라는 큰 매듭이다. 돈, 일, 몸의 문제를 해결하는 건 삶의 문제를 해결한다는 의미다. 퇴직자의 고민을 해결하기에 프리랜서는 최적의 교집합을 가진 직종이다. 어느 정도의 소득을 올릴 수 있고 일에 대한 부담이 적은 편이다. 적당한 긴장감이 몸과 마음을 신선하게 유지해 준다. 퇴직자 맞춤형 삶의 방식이다. 무엇보다 하고 싶은 일을 하면서 살 수 있다는 게 가장 좋다. 좋아하는 일을 하며 퇴직 이후 삶의 문제를 해결하기. 프리랜서는 그 모든 게 가능하다.

스토리 부자로 살기

30 / 30 / 30. 인생을 삼등분으로 나눈다면 30년 단위가
적절해 보인다. 처음 30년은 태어나서 공부하고 사회로 들
어서기 위한 준비기간이다. 중간 30년은 취업, 결혼하고 아
이를 키우며 가정에서의 역할에 충실해야 한다. 그리고 또
한 번의 30년이 있다. 자기를 중심에 놓고 자유 의지로 살
아갈 수 있는 기간이다. 이렇게 삼등분하면 전체 인생이 한
눈에 들어온다. 나는 마지막 등분에 들어섰다. 지금까지 보
낸 두 번의 30년에 이어 또 한 번의 30년을 살아낼 참이다.
지금부터 30년을 더 살면 90세가 된다. 그 나이를 볼 수 있
을까. 그건 아무도 모른다. 그래서 흥미진진하다. 시간을
만지며 살아간다. 가능하면 즐거운 평온을 유지하고 때때

로 시간의 촉감을 느끼려 애쓴다. 길어야 30년이니까.

인생을 30년 단위로 나눈 이유는 단순하다. 우연하게도 30년 단위로 큰 변곡점이 만들어졌기 때문이다. 취직을 어렵게 어렵게 했는데 그게 서른이었다. 퇴직은 간단할 줄 알았는데 그렇지도 않았다. 약간의 곡절을 거쳐 회사를 나온 게 예순이 시작될 때였다. 조금 더 다닐 수 있었지만 그만 다녀야겠다고 생각했다. 60은 내 인생 마지막 30년이 시작되는 나이다. 그런 나이에 회사라는 조직에 매달려 있기 싫었다. 평생을 끌려왔는데 마지막 30년까지 끌려다니고 싶지 않았다. 더 직장을 다닌다면 나의 시간, 내 삶으로 만들어내는 스토리를 하나도 만들지 못하고 인생이 끝날 것 같았다.

· · ·

회사와 꿈을 동일시했던 때가 있었다. 회사에서 펼쳐지는 것들이 내 인생이라고 여기기도 했다. 적지 않은 시간 동안 회사생활을 하며 느낀 건 달랐다. 회사는 꿈을 실현하는 곳이 아니었다. 내 인생을 사는 곳도 아니었다. 회사는 일하는 곳일 뿐이었다. 내 인생에서 중요한 부분이기는 하지만, 내 인생은 아니라는 걸 늦게야 알았다. 꿈을 가슴에 담고 현실과 부딪쳤을 때 가슴엔 항상 통증만 남았다. 회사에서 만들어지는 스토리는 나의 것이 아니었다. 회사의 스토리에 필요한 레고 조각으로 존재할 뿐, 어떤 위치에 있어도 다르지 않았다.

많은 사람이 가능하면 회사에서 오래 일하기를 원한다. 노후에 대한 불안감이나 퇴직 이후의 무기력, 외로움을 두려워한다. 여러 가지 불안을 해소한다는 점에서 회사생활을 하는 건 긍정적이다. 그러나 회사를 선택하면 살고 싶은 대로 사는 삶과는 거리가 멀어진다. 회사에서 내 인생을 살기는 불가능하기 때문이다.

70 가까운 나이에 회사에 다니는 선배가 있었다. 주위에서 복 받은 거라고, 부럽다고 말하는 소리를 많이 들었다. 모임이 있을 때 저 멀리서 그 선배가 오는 모습을 보았다. 구부정한 허리에 편치 않은 걸음걸이. 그 모습을 보며 생각하곤 했다. 내가 저 나이 되어 회사에 다닌다면 그건 축복일까 불행일까. 딱 부러지는 답을 내지는 못했다. 경제적으로 여유가 보장되고 나이 들어 할 일도 있으니 나쁘다고 말하기는 힘들다. 경제적 여유에 관한 욕심을 내려놓는 건 누구나 쉽지 않은 일이다. 그러나 한 번뿐인 삶을 허리가

구부정해지는 나이까지 저당 잡히고 사는 게 꼭 좋아 보이지는 않았다.

60이 되는 나이에 맞춰서 또 하나의 30년을 시작하기로 했다. 30년을 배우느라 보내고 30년을 일하면서 보냈으니, 또 한 번의 30년은 사는 것처럼 살고 싶었다. 내가 원하는 방식으로 내가 원하는 삶을 살아보고 싶었다. 내가 원한 건 스토리다. 나의 공간에서 나의 시간으로 나의 일을 하며 나의 스토리를 만들어보고 싶었다. 아무 의미도 없는 회사 사무실이 가장 추억이 많은 장소가 되지 않기를 바랐다. 남의 공간에서 남의 시간으로 남의 일을 하며 사는 건 그만해야 겠다고 생각했다. 그러려면 그 장소를 떠나야 했다. 그곳에서 더 많은 시간이 이어지지 않아야 했다. 회사생활은 주어진 공간에서 판에 박힌 스토리만 생산한다. 그 스토리는 주물공장 틀처럼 일정하다. 그래서 직장인들은 누구라고 할 것 없이 똑같은 삶과 똑같은 이야기를 되풀이한다. 개인이 할 수 있는 건 지극히 제한적이고 그 공간을 떠난 뒤에는 어떤 의미도 고유의 기억도 남지 않는다.

내 인생의 마지막 30년이 마무리될 때쯤을 상상해 본다. 기분 좋게 이런저런 스토리를 꺼내 드는 모습이 보인다. '그때 내가 말이지⋯⋯' 하면서 슬쩍 구라를 친다. 그렇게 구라칠 수 있는 스토리를 마지막 30년 동안 만들어보려 한다. 색다른 인생 스토리가 있어야 나이 들어 더 재미있지 않을까? 죽기 전에 되돌아보면서 떠올릴 스토리가 있는 사람이라니. 그럴듯하지 않은가. 돈도 포기하고 손안에 있는 떡도 내던지고 불 속으로 아니 불안 속으로 뛰어든 스토리.

그런 스토리가 대단한 건 아니다. 그 이상의 선택을 하는 사람이 차고 넘치는 시대다. 그렇지만 그건 남의 스토리다. 내 인생에 어떤 색다른 선택이 하나도 없다면 살아온 시간이 너무 빈곤해 보일 것 같다. 태어나고, 공부하고, 취직하고, 결혼하고, 아이 낳고, 아이 기르고, 정년까지 회사에 다니고, 그리고 늙어갔다. 어디서나 볼 수 있는 늘어진 속옷 같은 스토리가 내 것이라는 건 불만스럽다. 사표 던지고, 내 인생 살겠다고 호기 있게 나왔잖아. 이렇게 뻥이라도 칠 수 있는 게 훨씬 낫다.

. . .

인생은 연극이라고 한다. 내가 꾸려가는 연극은 쬐끔 더 재미있었으면 하는 바람이다. 그래서 조금 다른 스토리로 대본을 수정하는 중이다. 평온을 깨뜨리는 불안이라는 양

넘을 뿌린다. 잘 포장된 길에 폭탄 하나 던지는 스릴이라는 조미료도 넣는다. 이 정도면 평범한 연극보다는 보는 재미가 있을 것 같다. 나이 들어 달랑 하나의 스토리를 갖게 되었다고 부자가 될 수는 없을 터. 하나씩 둘씩 스토리를 만들어가는 중이다. 시간이 갈수록 나는 부자가 되어갈 것이다. 이야기 거리가 절대 줄어들지 않는, 사라지지도 않는 완벽한 부자다. 그렇게 스토리 부자가 되는 게 나이 들어가는 나의 소망이다. 남다른 부자가 될 생각에 가슴이 설렌다.

이제는 나를 위한 노동

　다니엘 핑크가 쓴《프리에이전트의 시대가 오고 있다》
(에코리브르, 2001)를 읽은 게 15년 전이었다. 책을 읽으면서
마음이 조금씩 끓어올랐다. 흥분되는 게 느껴졌다. 직장을
박차고 나와 프리랜서로 살아가는 사람들의 이야기, 고용
자가 아니라 자기를 위해 일하는 사람들의 세계, 조직의 굴
레에서 벗어나 자유롭게 일하는 사람들이라니, 그래도 먹
고 사는데 크게 지장을 받지 않는다는 게 놀라웠다. 돈 버
는 방법이라곤 월급 받는 것밖에 몰랐던 당시에는 상상조
차 못 했던 세계였다. 책은 설득력이 있었다. 이젠 직장이
아니라 직업의 시대라는 확신이 들었다. 나도 새로운 조류
속 하나의 물결이 되고 싶었다. 그러나 용기가 없었다. 직

장을 버리고 거친 바다에 뛰어들 그런 용기는 없었다. 여전히 직장을 다녔다. 준비된 것도 할 수 있는 것도 없었다. 용기 없는 자에게 깨우침은 책 속의 글자로만 존재했다.

· · ·

운이 좋았던 걸까. 정년 가까운 나이까지 직장을 다닐 수 있었다. 취업플랫폼 잡코리아가 조사한 바에 따르면 직장인 체감 퇴직 나이는 51.7세(2021년 기준)였다. 설문 결과에 비하면 나는 장수를 누린 셈이다. 그것도 정규직이었다. 스펙이 차고 넘치는 젊은 세대가 비정규직을 떠도는 시대에 무려 평생을 정규직으로 일했다.

정말 운이 좋았던 걸까. 직장은 집단을 우선했고 충성을 요구했다. 집단의 가치를 따랐다. 마음에서 우러나오는 충성을 바치기도 했다. 그렇게 30여 년의 노동을 끝냈다. 노동이 떠난 자리엔 허무만 남았다. 그 노동엔 내가 없었다. 무엇을 위해 일했나. 그런 질문을 던졌을 때 답을 찾지 못했다. 승진? 한 번도 자리를 원한 적 없다. 돈? 만족스러운 임금을 받았다고 하기는 힘들다. 그럼 뭐가 남았을까. 남았다고 할만한 게 아무것도 없었다. 노동은 있었지만 내 삶은 없었다.

퇴직 이후 다시 노동을 시작했다. 이번엔 직장을 위한 노동이 아니라 나를 위한 노동이다. 직장인의 삶을 버리고 직업인의 삶으로 뛰어들었다. 가슴을 뛰게 했던《프리에이전트의 시대가 오고있다》를 읽은 지 15년 만의 일이었다. 이제야 프리에이전트의 삶, 프리랜서의 삶을 시작했다. 직장인에서 직업인으로의 변신이다. 프리랜서는 나의 노동만 일컫는 말이 아니다. 내가 살아가는 삶의 방식까지 포함한다. 나는 내 방식으로 삶을 꾸려나간다. 가능하면 내가 원하는 일을, 직장이 아닌 어느 곳에서든, 나를 원하는 사람들과 일하고 소통한다. 옥죄는 조직의 강요가 아니라 나의 의지 따라 일하고 나머지 시간은 나를 위해 쓴다.

. . .

퇴직 이후에는 누구에게나 두 번째 삶이 열린다. 원하든 원하지 않든 맞닥뜨리는 삶이다. 두 번째 삶의 장점은 그리 많은 걸 필요로 하지 않는다는 것이다. 나이 들며 체험으로 얻는 지혜가 있다. 내려놓을 것, 취해야 할 것이 무언지 분명하게 구분하는 지혜를 습득한다. 두 번째 삶의 노동에서 좋은 보수를 바라는 사람은 드물다. 현실적으로 불가능하다는 걸 알기에 기대 수준이 높지 않다. 웬만하면 만족한다. 사회적 지위도 그리 원하지 않는다. 높은 자리에는 그 이상의 스트레스가 부록으로 따라오기 마련이다. 스트레스 많은 높은 자리보다 마음 편안한 낮은 자리에 더 끌린다. 직장을 떠나면서 가장 달라지는 건 나에게 시선을 돌린다는 것이다. 사회와 주변인을 보던 시선이 나에게 머문다. 다른 무엇보다 내가 주인공이 되는 삶을 바란다. 나라는 자연인으로 무엇을 할 것인가. 무엇을 하며 살 것인가를 고민한다.

이렇게 초점이 달라지는 두 번째 삶에서 노동을 이어가야 한다면 직장인보다는 직업인이 더 적합하다. 퇴직 이후 다시 노동에 뛰어든 사람들이 공통으로 느끼는 게 있다. 좋은 직장을 얻는 것과 내가 원하는 조건의 일자리를 만나는 것은 불가능에 가깝다는 사실이다. 그렇기에 더더욱 직장이 아니라 직업이 답이다. 직업인으로 살기 위한 직업을 선택할 때는 기준을 단순화하는 게 좋다.

나의 경우는 하고 싶었던 일, 돈이 되는 일, 스트레스가 적은 일, 세 가지를 기준으로 했다. 나를 위한 노동이라고 하면 대단한 명분이라도 있어야 할 것 같지만 대단한 걸 목적으로 삼지 않았다. 첫 번째 목적은 나에게 충성하는 것이다. 직업인은 직장을 위해서 일하지 않는다. 상사를 위해 일하지도 않는다. 나를 위해 일한다. 그러므로 충성을 다할 대상은 나라는 존재다. 나는 나에게 충성한다. 또 하나의 목적은 내 목소리를 따라가는 것이다. 직장에서는 시키는 일을 하며 살았다. 남의 지시를 듣고 그 말을 따라야 했다. 이젠 남이 시키는 일이 아니라 내가 하고 싶은 일을 한다. 내 안에서 터져 나오는 욕망의 목소리를 들으며 걷는다. 내 마음대로 성공하는 것도 중요한 목적이다. 직장에서의 성공은 항상 정해져 있다. 남들보다 높은 자리에 오르고 더 많은 연봉을 받아야 성공했다는 소리를 듣는다. 직장생활 내내 혼란스러웠다. 나는 실패한 것일까. 실패한 것 같지는 않았는데 성공한 것도 아니었다. 이것도 저것도 아니었다. 직업인의 성공은 누구도 정의할 수 없고 정해져 있지도 않다. 스스로 정의를 내리면 된다. 나는 직업인으로서의 성공을 이렇게 정의한다. 자유, 즐거움, 소통, 적정한 대가. 원하는 대로 시간을 사용하고, 일하는 것 자체가 즐겁고, 사람들과 마음으로 소통하는 게 우선이다. 거기에 더해서 소박한 생활을 유지할 수 있는 보수가 있으면 좋다.

직업인으로서의 노동은 삶을 충만하게 만들어 준다. 돈

을 많이 벌 수 있어서가 아니다. 명성을 얻을 수 있어서도 아니다. 자유롭고 즐겁고 서로의 마음을 나누는 것으로 충분하다. 첫 번째 삶에서 사회적으로 좋은 직장과 많은 연봉에 초점을 맞췄다면 두 번째 삶에서는 초점을 바꿔야 한다. 어차피 그런 직장은 주어지지 않는다. 즐거움과 편안함 그리고 소박한 생활에 만족하면 삶은 한층 가벼워진다. 나를 위해, 내 목소리를 따라 살 수 있다.

고대 그리스 철학자 디오게네스Diogenes 이야기는 나를 위해 사는 게 어떤 것인지 보여준다. 어느 날 디오게네스가 저녁식사로 콩깍지를 먹고 있었다. 왕궁에서 호의호식하는 동료 철학자 아리스티포스Aristippos가 그 모습을 보고 말했다. "왕에게 아첨할 줄 알면 콩깍지로 연명하지 않아도 될 텐데." 아리스티포스의 말에 디오게네스가 대답했다. "콩깍지로 연명할 줄 알면 그렇게 아첨하며 살지 않아도 될 텐데." 호의호식보다 편안한 마음이 더 값지게 보이는 시기가 있다. 첫 번째 삶에서 몸의 안락을 추구했다면 두 번째 삶에서는 마음의 안락을 따라가 볼 일이다. 직장인에서 직업인으로의 변화가 그런 삶을 가능하게 해준다.

맨땅에 헤딩하기
좋은 나이

맨땅에 헤딩을 했다. 아프다. 그럴 줄 알았다. 그런데 생각보다 훨씬 아프다. 그래, 아프니까 중년이다. 멀쩡하게 다니던 회사에 사표를 내고, 글 쓰고 책 쓰고 강연을 다니겠다니. 돈벌이를 기준으로 따지면 이건 최악의 선택에 가깝다. 글이 돈이 된 적이 있던가? 책 써서 돈을 번 사람이 몇이나 될까? 강연을 얼마나 해야 밥을 굶지 않을까? 어느 질문도 답이 나오지 않는다. 답을 해줄 만한 사람도 없다. 그런 사람이 별로 없기 때문이다.

《밥벌이로써의 글쓰기》(북라이프, 2018)라는 책은 글 써서 먹고사는 사람들이 얼마나 힘들게 사는지를 생생하게 보여준다. 미국에서 이름 날리는 유명작가 33명을 인터뷰 한 책이다. 그들에게 생계유지란 투쟁과 비슷하다. 글만 써서는 돈이 되지 않기에 출판과 아무 관련 없는 일을 한다. 그렇게 번 돈으로 밥을 먹으며 글을 쓴다. 유명작가는 다를 것으로 생각한다면 오산이다. 밀리언셀러 작가도 밥을 걱정한다.

그렇게 대단한 작가들도 경제적 어려움에 시달리는데 나 같은 사람이 글 쓰고 강연하는 것으로 살아보겠다고? 지명도로 따진다면 나는 무명 중의 무명이다. 책을 몇 권 냈지만 돈이 될 만큼 팔린 책은 없다. 초판 인세로 받는 돈은 기분 좋게 한턱내고 몇 번 밥을 먹으면 절반 이상 없어진다. 경제적으로 실생활에 도움 된 적이 없다. 초판을 다 팔지 못해 출판사가 발행하는 잡지에 끼워주는 책이 되기도 했다. 저자도 책 판매에 적극적으로 나서야 하는데 나라는 사람은 영업력이 제로다. 모임에 가도 구석에 앉아있고 말도 제대로 하지 않는 게 특징이다. 책이 나와도 주변 사람에게 책 사달라는 소리를 못 한다. 출판사 입장에서 보면 답답하기 그지없는 저자다. 강연에서도 다르지 않다. 무명에 가까우니 적극적으로 홍보와 마케팅을 해야 기회를 얻을 수 있다. 자체발광도 해야 하고 떠벌이기도 해야 한다. 그런데 그게 쉽지 않은 성격이다. 어느 쪽을 봐도 글과 강연으로 경제적 성과를 올리기 힘든 사람이 그걸 해보겠다고 나섰다. 이게 맨땅에 헤딩이 아니면 무엇이란 말인가?

· · ·

사표를 고민하면서 생각한 게 있다. 두 번째 삶은 내가 원하는 대로 살아봤으면 하는 거였다. 바라는 건 많지 않다. 하고 싶은 일 하면서 살기, 그러면서 굶지 않기. 간단한 두 가지였지만 사실 가장 복잡하고 어려운 일이다. 그 조건을 충족하는 것으로 택한 게 글 쓰고 책 쓰고 강연하는 것이다. 직장생활을 하면서도 놓지 않았던 꿈이었고 언젠가는 이뤄보고 싶은 내 모습이다. 그 일로 풍족한 밥을 버는 건 쉽지 않겠지만, 밥을 넘어 내 삶에 욕심 내보고 싶다. 두 번째 삶은 돈이 아니라 욕망이 나를 끌어가도록 만들고 싶다. 욕망에 올라타고 흘러가는 데까지 가보고 싶다.

영화 〈라라랜드〉는 재즈 피아니스트 '세바스찬(배우: 라이언 고슬링)'과 배우 지망생 '미아(배우: 엠마 스톤)'가 꿈을 찾아가는 이야기다. 영화 제목인 라라랜드는 꿈의 나라라는 뜻이다. 세상에 있지 않은 나라, 즉 이룰 수 없는 꿈이다. 꿈의 나라를 찾아가는 그들의 길이 순탄할 리 없다. 길이 보이지 않아 미래가 막막한 두 사람. 그 지점에서 두 사람이 나눈 이야기가 오래도록 가슴에 남았다. 걱정 가득한 미아가 우리는 어디쯤 있는 거냐고 묻는다. 세바스찬이 답한다. "그냥 흘러가는 대로 가보자." 그 대사를 들으며 그런 생각을 했다. 저들처럼 꿈을 따라서 흘러가 보면 또 어떤 길이 나오지 않을까. 두 번째 삶을 시작하는 출발점에서 다시 그 대사를 떠올렸다. '그냥 흘러가는 대로 가보자.' 쉽지 않을 거라는 건 안다. 그렇지만 언제 현실이 우리 편이었던가. 욕망을 따라 걷는다. 흘러가다 보면 어딘가에 닿을 것이다. 그곳이 어딘지는 중요하지 않다. 욕망을 따라 흘러간다는 게 중요할 뿐이다.

퇴직을 했다면, 직장 다니기를 끝냈다면, 맨땅에 헤딩하기 좋은 나이다. 맨땅에 헤딩하는 건 어떻게 보아도 미친 짓이거나 무모한 짓이다. 편안하게 살아야 할 나이에 무모한 짓을 할 이유는 없을지 모른다. 그런데 생각해보니 한번쯤 무모해도 괜찮을 것 같다. 지금껏 무모한 짓이라고는 해본 기억이 없다. 뛰기보다는 살살 걸었다. 안전한 길만 골라서 다녔다. 돌다리를 두들기고 또 두들기며 살았다. 그렇다면 이번엔 진창에 빠져보는 건 어떨까. 헉헉거리고 올라가야 하는 고갯길을 선택해보는 건 어떨까. 가보고 싶은 길이었는데 힘들까 봐 슬쩍 돌아갔다면, 두려워서 피했다면, 이번엔 그 길로 들어서 보면 어떨까. 가지 않은 길을 자꾸 돌아보고 있다면, 막아놓은 욕망의 둑을 한 번쯤 터뜨려 보는 것도 좋으리라. 두 번째 삶이 지나고 나면 나에게 주어진 또 다른 삶은 없을 것 같다. 나이는 더 들고 힘은 더 빠지겠지. 내 인생 마지막 도전이 될지 모른다.

조금 힘든 길 그러나 가보고 싶었던 길을 가보려면 퇴직 이후가 가장 좋은 때다. 안전한 길만 걸으며 느끼지 못했던 재미가 가득할지도 모른다. 살살 걷느라 약해진 다리 근육도 다시 단단해질지 모른다. 생각보다 힘들면 어떡하느냐고? 그냥 돌아오면 된다. 걷다가 멈추면 된다. 퇴직 이후의 장점은 걷다가 어디에서 멈춰도 타격이 적다는 거다. 꼭 성취해야 하는 것도 아니다. 별로 손해 볼 게 없다. 해보지도 않고 아쉬움이나 후회를 남기는 것보다 낫다. 맨땅에 헤딩하기 참 좋은 때다.

2부

불안하지만
꽤
편안한

이상한 선택, 돈보다 삶

"금전적으로 손해가 클 텐데요?" 사표를 내겠다고 말했을 때 그렇게 말하는 사람이 있었다. 구체적으로 가늠해봤는지 액수까지 말하면서 만류했다. "아마, 이 정도 액수는 될 겁니다." 아니, 그것보다 많다. 받을 수 있는 돈을 포기하는 걸로 끝나는 게 아니다. 당장 생계도 걸려있다. 내가 계산을 안 해봤을 리 없었다. 월급부터 건강보험료까지 모두 계산을 해보니 적지 않은 액수였다. 다시 하나씩 꼽아보니 속이 쓰렸다. 아깝다. 왜 아깝지 않겠나. 그만두라고 떠미는 상황도 아닌데. 괜한 짓을 하는 걸까. 돈을 생각하면 기를 쓰고 다녀야 했다. 오히려 바짓가랑이 붙잡고 더 다니게 해달라고 매달려도 모자랄 판이었다.

사표를 내겠다고 마음먹을 때 내가 살아온 시간을 돌아봤다. 월급에 모든 걸 걸고 매달려 살아왔다. 누구나 그렇겠지만 나 역시 그랬다. 업무와 관계 스트레스는 점점 심해졌다. 하는 일도 나라는 존재도 너무 의미가 없다는 자책에 시달렸다. 그 시점에만 유독 그런 줄 알았는데 아니었다. 계속 그런 상태로 살아온 거였다. 살아온 인생의 절반에 해당하는 시간, 긴 직장생활은 그렇게 끝을 향해 가고 있었다. 이게 내가 원하던 삶이었나. 밑도 끝도 없이 그런 의문이 튀어나왔다. 픽, 웃음이 따라왔다. 청소년 시절도 아니고, 직장생활을 처음 시작하는 시기도 아닌데 이건 또 뭘까. 직장생활을 마무리하는 시점에 이런 근원적 의문이라니. 깨달음은 항상 늦게 왔다. 아니, 깨달음은 이전에도 이미 있었다. 단지 깨달음을 얻고도 눈앞의 월급을 따라갔을 뿐이다.

이제라도 다른 선택을 해보고 싶었다. 살면서 한 번은 다른 선택을 해보고 싶었다. 돈 아닌 다른 선택을 할 수 있다면 아마 마지막 기회일지도 몰랐다. 돈보다 삶, 돈보다 미래, 돈보다 도전, 돈보다 불안. 많이 이상한 선택이었다. 그런 선택이 무엇을 가져올지는 너무 분명하게 보였다.

· · ·

　돈보다 삶. 내가 원하는 방식으로 살아가는 것도 좋지만 필연적으로 곤궁함이 함께 따라올 게 뻔했다. 그 힘겨움을 가볍게 이겨낼 수 있을까. 그렇지 않을 거다. 많이 힘들겠지. 돈보다 미래라는 선택은 또 어떤가. 포기하는 돈보다 미래에 더 많은 돈을 얻을 수 있다면 그럴 수도 있다. 그런데 반대였다. 더 많은 액수는 아예 불가능하고 무소득은 언제든 가능했다. 희망은 작고 두려움은 컸다.

　돈보다 도전. 이 나이에 도전이라니. 하던 도전도 그만둘 시기에 도전이라니. 그런 남자가 있기는 했다. 낡은 창 하나로 거인을 무찌른다며 풍차로 돌진하던 그런 남자. 나이 들고 비쩍 마른 돈키호테다. 거의 돈키호테의 도전과 비슷한 수준이었다.

　원하는 삶이라는 신기루를 향해 달려가는 무모함. 돈보다 불안을 택하는 것 역시 다르지 않았다. 한 푼이라도 더 벌어서 여유 있게 살아보려고 너도나도 아우성치는데, 스스로 불안의 구덩이로 들어가는 건 또 뭔가. 조금이라도 더 편안하게 살고 싶은 나이에 불안이라니. 이런 선택의 대가는 쉽게 예상할 수 있었다. 한마디로 말하면 이거였다.

정년까지 그냥 있으면 사는 건 조금 편하겠지만, 오래 후회로 남을 것 같았다. 다른 삶을 꿈꾸다 그냥 주저앉고 후회를 되풀이한 지금까지처럼.

EBS 프로그램 〈한국기행〉 보기를 즐겼다. 시골에서 자기만의 방식으로 살아가는 사람들을 보여주는 프로그램이다. 먹을거리를 직접 가꾸고 평상에 앉아 밥을 먹고 마당을 내다보며 커피를 마시는 여유로움. 돈이 적으면 맞춰서 살고 주어진 대로 살아가는 그런 생활. 가진 게 없어도 여유로워 보이는 그런 삶을 원했다. 도시의 터전을 버리고 또 다른 삶을 택한 사람들을 보며 그 용기를 부러워했다. 그들이라고 어려움이 없지는 않겠지만, 자발적으로 삶의 형태를 바꾼 그 전환이 부러웠다. 직장생활이 끝나도록 나는 용기를 내지 못했다. 시골로 가지 못한 나는 도시에서 또 다른 삶을 꿈꿨다. 평생 매달린 월급과 직장을 떠나 나만의 방식으로 살아가는 꿈. 그래서 늦게나마 돈 아닌 다른 선택을 했다.

유튜브에는 부자 되는 법을 알려주는 영상이 차고도 넘친다. 서점에는 부자가 됐다는 비법서가 쌓여있다. 젊은 나이에도 몇십억 원을 벌었다는 이야기가 공공연히 떠돈다. 부자가 되려고 총력을 기울이는 시대다. 돈을 생각하면 자괴감이 든다. 여태껏 뭘 했는지, 왜 남들처럼 재산을 모으지 못했는지 스스로 책망하게 된다. 사표로 인한 금전적 손해 운운하는 소리를 들었을 때 난 이렇게 말했다. 자발적 가난, 그거 한번 해보고 싶었다고. 사표를 만류하는 말에 내 마음이 돌아설까 봐 선언하듯 했던 말이다. 관심사나 좋아하는 것이나 욕심이나 그 어느 걸 보아도 나는 부자가 되기는 힘들 것 같다. 그렇다면 내가 원하는 대로 살아가는 걸 두려워할 이유가 없다. 어차피 돈 많은 사람이 되기는 틀린 것 같으니.

경제 만능 시대에 비경제적 삶으로의 전환. 거센 물결을 거슬러 올라가는 건 힘든 일이다. 후회하지 않느냐고 누가 물어보면 가끔은 후회한다고 대답한다. 두렵지 않냐고 또 묻는다면 자주 두렵다고 또 대답한다. 그래도 지금의 비경제적 삶이 크게 불만족스럽지는 않다. 평생에 한 번은 해보고 싶었던 선택을 했다. 그 선택을 끌어안고 갈 뿐이다. 직장 생활할 때 튀어나오곤 했던 의문. 이게 내가 원하던 삶이었나. 지금의 삶이 그 의문을 시원하게 해결해 주는 건 아니다. 성공이냐 실패냐, 그런 것도 없다. 그 의문을 따라 다른 선택을 했고 그 선택을 끌어안고 살아갈 뿐이다. 오늘 하루를 보내는 데 집중할 뿐이다.

반반인생

치킨을 시킬 때 전 국민은 고민한다. 프라이드로 할까, 양념으로 할까. 하나만 선택하고 다른 하나를 포기하기에는 아쉬움이 너무 크다. 그런 고민을 한순간에 해결해 주는 건 반반치킨이다. 프라이드 반, 양념 반을 시키면 간단하게 해결된다. 어느 하나를 포기하는 안타까움이나 아쉬움을 달랠 수 있다. 이렇게 만족스러운 해법이라니. 반반이라는 탁월한 해결책은 피자에도 완벽하게 들어맞는다. 페페로니, 고구마, 감자, 불고기, 고르곤졸라, 슈림프……. 메뉴는 차고도 넘치는데 하나만 고르고 끝내기는 너무 억울하다. 억울함을 해결해 주는 건 역시 반반이다. 두 가지 메뉴를 골라서 한판을 만드는 반반피자는 신의 한 수다.

치킨과 피자에 반반메뉴가 있다면 인생도 반반이 가능하지 않을까. 이런 의문을 일찌감치 가졌어야 했다. 치킨과 피자는 메뉴를 반반씩 섞으면 반반치킨, 반반피자가 된다. 인생은 어떻게 해야 반반인생이 될 수 있을까.

· · ·

《반농반X의 삶》(더숲, 2015)을 쓴 일본인 시오미 나오키는 색다른 삶의 형태를 제안했다. 농업으로 식량을 자급하고, 나머지 시간은 예술 활동이나 거주하는 지역과 관련한 일을 하면서 살자는 것이다. 자급자족 생활을 가능하게 하는 농사가 반, 하고 싶은 일을 하는 게 반, 이렇게 구성하는 삶의 방식이 반농반X다. 그럴듯했다. 농사를 지어 먹을거리를 직접 조달하면 생활비가 줄어든다. 먹는 데 들어가는 돈이 줄면 자연스럽게 기본적 비용도 줄어든다. 생활비가 적어지니 많은 돈을 벌기 위해 더 많이 일할 필요가 없다. 그렇게 생긴 나머지 시간은 원하는 일을 할 수 있다. 하고 싶은 일을 하며 더 필요한 돈을 번다. 이런 논리에 고개가 끄덕여졌다.

고개를 끄덕였지만, 현실적으로는 의문이 들었다. 책은

주말농장 또는 베란다 텃밭을 활용한 식량 자급도 언급했다. 그게 가능할까? 흙 만지는 게 좋아서 나도 10년 넘게 주말농장을 해본 경험이 있다. 5평에서 10평 크기였는데 자급까지는 아니어도 채소를 어느 정도는 해결할 수 있었다. 그렇지만 식생활에 필요한 모든 채소를 경작할 수는 없었다. 일부는 어쩔 수 없이 마트에서 구매해야 했다. 농사를 지어 생활비를 줄일 수는 있었지만, 액수가 그리 크지 않았다. 경작 면적을 늘리면 더 많은 생활비를 줄일 수 있다. 그러나 그만큼 시간과 노동력을 투여해야 한다. 작물은 스스로 자라지 않는다. 사람 손이 가야 제대로 된 수확을 할 수 있다. 경작 면적을 확 늘리면 거의 전업농이 돼야 할지도 모른다. 저자는 다른 책에서 반농반X로 살아가는 사람들을 제시했지만 공감하거나 체감하기는 어려웠다.

반농반X를 다시 고민한 건 회사를 떠난 이후다. 생활비를 줄일 수 있는 매력적인 방식이지만 여전히 현실로 끌어올 자신이 없었다. 그 대안으로 떠올린 게 반반인생이다. 절반은 해야 하는 일을 하고, 절반은 하고 싶은 것을 하는 방식이다. 해야 하는 일이란 생활을 유지하기 위한 일이다. 노후 준비가 부족하다면 돈을 벌어야 한다. 어쩔 수 없는 일이다. 하고 싶은 것은 말 그대로 내 인생에서 해보고 싶었던 무언가다. 두 가지를 절반씩 구성하는 게 반반인생이다. 현실과의 절충이고 타협이다.

절반의 인생에 해당하는 해야 할 일을 나의 경우는 세 가지에 집중한다. 그중 하나는 돈을 버는 것이다. 누군가는 하루 한 끼를 먹으며 정신적 만족을 이야기할 수 있겠지만 누구나 그게 가능한 건 아니다. 보통사람에게는 자발적 가난보다 '무항산 무항심無恒産無恒心'이 현실적이다. 《맹자》의 〈양혜왕편〉에 나오는 말로, 생활이 안정되지 않으면 바른 마음으로 살기 어렵다는 뜻이다. 기초생활이 위협받지 않는 건 중요하다. 먹을 게 있어야 마음이 편하고 살아가는 것도 수월하다. 생활이 뿌리째 흔들리지 않으려면 어느 정도 소득이 필요하다. 소득을 올리는 일로 글쓰기나 책쓰기 강의를 한다. 때때로 외주를 받아 교정을 보거나 윤문도 한다.

소득을 위한 일을 할 때의 목표는 세 가지다. 돈에 욕심내지 않는다. 돈이 된다면 다 한다. 체력적으로 심리적으로 스트레스가 적은 일만 한다. 욕심낸다고 큰돈을 벌 수 있는 게 아니니 얼마가 되었든 돈이 생기면 감사한다. 돈을 많이 준다고 해도(안타깝게도 그런 경우는 없었다) 스트레스가 많은 일은 사양한다. 돈이 필요하지만 나이 들어서도 모든 시간과 에너지를 돈벌이에 쏟아붓는 건 피한다.

다른 두 가지는 청소와 내 손으로 만드는 요리다. 정기적으로 화장실 청소를 하고 때때로 바닥 청소를 한다. 집안의 평화를 위해 꼭 필요한 일이다. 밥을 내 손으로 해결하는 건 생존능력 확보에 필수 요소다. 꼭 해야 할 일이다. 집안일은 집사람이 하는 것이라고 생각한다면? 집사람은 누구일까. 집에 있는 사람이 집사람이다. 내가 집에 있을 땐 내가 집사람이다. 그러니 내가 하는 게 맞다.

나머지 절반의 인생은 내가 하고 싶은 것을 한다. 나를 위한 온전한 내 인생이다. 하고 싶은 걸 한다면 언뜻 대단해 보인다. 대단하기는커녕 별거 아니고 그리 많지도 않다. 글쓰기, 책 읽기, 운동, 빈둥거리기, 멍때리기, 전시 관람, 연극 동호회 활동. 이 정도가 나머지 절반의 인생을 채운다. 쓰기와 읽기는 생활을 재미있게 해주고 마음을 편안하게 만든다. 부가효과는 엄청난 데 비해 돈이 많이 들지 않는 게 장점이다. 운동은 낡아가는 몸에 활력을 불어넣는 마술과 같다. 걷기와 가벼운 근력운동만으로도 하루를 기분 좋게 지낼 수 있다. 도서관에 있다가 나무 그늘 밑 벤치에서 커피 한 잔 마시기, 공원에 앉아 멀리 지나가는 비행기 보기를 즐긴다. 그림 전시를 보러 가기도 한다. 아는 건 없어도 보는 건 즐겁다. 조금만 부지런하면 공짜로 볼 수 있는 전시가 차고 넘친다. 싱거워 보일 수도 있는 것들이 내가 원하는 절반의 인생이다. 그것들을 즐기며 사는 게 내가 원하는 삶의 방식이다. 누군가는 우습다는 표정을 지을 수도 있겠지만, 나에겐 큰 즐거움을 주는 것들이다. 그것만으로도 하루가 바쁘다. 시간이 모자란다. 읽고 쓰고 운동하고 멍때리기를 하며 틈틈이 전시를 보러 다니는 일상에 만족한다.

· · ·

반반인생은 버릴 게 없다. 돈 벌고 집안의 평화를 지키면서 하고 싶은 것도 충분히 한다. 소득을 위한 활동은 늘어지고 무기력해지는 삶에 긴장감을 불어넣는다. 부족한 노후 준비가 주는 생각지도 못한 긍정 효과다. 소득이 생기면 좋고 생기지 않아도 기분 나빠하지 않는다. 그날그날 적응하며 살아가는 마음의 힘을 키운다. 나머지 절반은 내 인생을 즐겁게 만드는 데 쓴다. 마음 편안하고 기분 좋은 무언가에 시간을 쓴다. 시간을 아끼지 않는다. 나를 위해 쓰는 것이니 아낄 이유가 없다.

퇴직 전에는 돈벌이에 모든 것을 쏟아부었다. 그때는 그래야 했다. 사람마다 상황은 다르겠지만 어느 시점이 되면 예전보다 짐이 가벼워진다. 아이는 자라서 자기 앞가림할 나이가 되고 부부만의 생활비는 큰돈이 들지 않는다. 그래서 퇴직은 반반인생으로 전환하기 좋은 시기다. 돈벌이에 쏠려 있는 무게 중심을 내 인생으로 옮겨오기 좋은 때다. 할 일은 적게 하고, 하고 싶은 무언가는 더 하는 방식으로 삶의 전환을 시도하기 적합하다.

먹고 살아야 한다는 명제 때문에, 하고 싶은 걸 아예 포기하고 생을 마감하는 건 너무 아쉽지 않은가. 반반인생은 그런 아쉬움을 덜어준다. 조금 덜 먹고 하고 싶은 걸 조금 더 하는 선택이 불가능하다고 생각하지 않는다. 불가능한 게 아니라 돈을 더 벌고 싶어서, 더 부유하고 편하게 살고 싶어서 스스로 선택하지 않았을 뿐이다. 돈벌이는 최소한으로, 하고 싶은 무언가는 최대한으로. 어느 하나 버릴 것 없는 반반인생은 반반치킨보다 훨씬 맛있다.

돈이 많다면
달라졌을까

"돈이 많다면 뭘 하며 살고 싶어?"

나에게 물었다. 여러 번 물었다. 재테크를 잘했으면, 연봉을 넉넉하게 받았으면, 운수 좋게 로또에 당첨됐으면 재산이 넉넉했을 거다. 안타깝게도 한 가지도 해당하지 않는다. 그래서 상상으로만 생각했다. 궁금했다. 돈이 많다면 나는 뭘 하고 싶을까. 먹고 사는데 걱정이 없다면 뭘 하고 있을까. 곳간이 넉넉하다면 두 번째 삶은 뭐가 달라졌을까.

솔직하게 마음을 들여다봤다. 집이 더 크고 편해졌겠지.

타고 다니는 차가 조금은 더 좋아졌겠지. 입고 다니는 옷도 품질이 좋아졌겠지. 시골에 집 하나쯤 더 있겠지. 그리고 또 뭐가 달라졌을까. 아마 이런 걸 하고 있으리라. 읽고 싶은 책 읽기, 표현하고 싶은 것들을 글로 쓰기, 내가 살아온 길에서는 만나기 힘들었던 사람들과 모여서 이야기 나누기, 시시때때로 유럽에 가서 박물관과 미술관 둘러보기, 로마 유적지에 가보고 내 손으로 만져보기……. 특별하지 않았다. 여러 가지 다양한 상황을 가정해봐도 특별히 달라지는 게 없었다.

· · ·

돈이 많으면 얼마나 좋을까. 정말 하고 싶은 거 다 해보고, 가보고 싶었던 데 다 가볼 수 있을 텐데. 그럴 수 있다면 얼마나 좋을까. 이런 생각에 사로잡혀 있었다. 하고 싶은 거 하면서 살 수 있다면 인생이 항상 신나고 기쁘고 행복에 겨워 죽을 거 같았다. 사는 게 지금과는 크게 달라질 거 같았다. 그래서 "만약 돈이 많다면 뭐가 달라졌을까"라는 질문을 나에게 해봤던 거다. 그런데 결론은 의외로 간단했다. 지금과 별다르지 않게 살 거라는 결론에 도달했다.

책 읽기, 글 쓰고 책 쓰기, 편안한 사람들과 이야기 나누기. 유럽에서의 박물관 및 미술관 여행. 지금 하고 싶은 것과 다른 게 단 하나도 없었다. 싱거웠다. 왜 그럴까. 진심인지 아닌지 의문이 들어서 그 답을 하나씩 찾아봤다.

책 읽기는 나에게 매력적인 행위다. 어려서부터 책 읽기를 좋아했다. 활자를 좋아했고 문장이 주는 맛을 즐긴다. 글 한 줄이 선사하는 어떤 느낌, 매듭지어지지 않고 머릿속에서 맴도는 여운이 좋다. 그뿐인가. 책 속으로 들어서면 현실이라는 걸 가볍게 뛰어넘는다. 시간과 공간과 생각의 벽이 없어진다. 세상의 무엇이든 경험할 수 있다. 책을 읽으며 무언가를 하나씩 알아가는 즐거움도 크다. 새로운 세상을 만나는 즐거움이다. 나이 들어 지금까지 살아온 틀에 갇힌 머리를 깨우는 데도 책은 큰 역할을 한다. 다른 취미에 비해 돈도 크게 들지 않는다. 가성비, 가심비로 견주어 어느 것에도 떨어지지 않는다.

글쓰기와 책 쓰기는 지금의 나를 만들어 준 소중한 무엇이다. 마흔 중반이 넘어서 책을 쓰기 시작했다. 마흔을 살면서 내 속에는 무언가가 쌓여갔다. 아픔이었고 분노였고 고민이었다. 쌓이고 쌓이다 못해 어디라도 뚫고 터져 나오려 했다. 더 눌러놓을 수 없을 지경이었다. 하고 싶은 말이 가득 찼고 그 말을 하지 못하면 내가 견디지 못할 것 같았다. 그렇지만 어디에도 말하기 힘들었다. 말 대신 글을 택했다. 쏟아져 나오는 말을 글로 썼다. 책을 쓰면서 나를 돌아봤다. 현재를 마주 보고, 과거를 끌어안고, 미래를 그렸다. 글이 나를 살렸고 나를 만들었다. 글이 없었다면 지금의 나는 많이 달랐을 거다. 좋지 않은 방향으로 지금과 달랐을 거라는 생각이 든다. 지금의 나를 만든 건 글쓰기와 책 쓰기였다. 지금의 내가 예전의 나와 조금이라도 나은 모습이 되었다면 그건 글쓰기 덕이다. 읽고 쓰는 일을 계속하고 싶은 이유다.

요즘은 책과 글에 대해 말하기 어려운 시대다. 책을 읽는 사람은 자꾸 줄어들고 누구도 책 이야기를 하지 않는다. 카페에서든 술집에서든 모임에서든 책 이야기를 하면 이상한 시선이 바로 따라붙는다. '쟤는 뭐야. 저런 이야기는 왜 해.' 이런 시선이다. 그다음에 만나서도 꿋꿋하게 이야기하면 이후로는 만나자는 연락이 오지 않는다. 이른바 '책따'다. 책과 글 이야기를 마음껏 하려면 특별한 장소를 찾아가야 한다. 책과 글에 관한 프로그램에 참여하는 건 그런 이유 때문이다. 책과 글이 좋은 사람들, 깊은 관심이 있는 사람들, 책과 글에 관해 고민하는 사람들, 그런 사람들과 만나 책과 글 이야기하는 걸 좋아한다. 이야기를 나누다 보면 살아있는 맛이 나고 활력이 생긴다. 자연스럽게 기분이 좋아진다. 기분이 좋아지는 쪽으로 찾아가는 건 당연하다.

역사를 좋아하고 미술에 깨알만큼 관심이 있다. 지나치듯 둘러본 고대 로마 시대의 유적지와 미술관에서의 감흥이 아직도 생생하다. 그 설렘을 다시 느껴보고 싶다. 유럽 박물관과 미술관에 가는 건 돈이 많이 드는 일이다. 그런 현실이 안타깝지만, 그렇다고 한 번도 못 갈 지경은 아니다. 그 욕망은 적당한 선에서 다독이면 된다. 한두 번 정도 형편이 허락된다면 그걸로 만족한다. 욕망과 타협이 가능하다는 말이다.

. . . .

먹고 사는 데 지장 없을 만큼 돈이 있으면 인생이 달라질 것으로 생각했다. 분명히 그래야 했다. 세상 사람도 나도 그렇게 생각하니까. 그런데 꼭 그렇지는 않은 듯하다. 나의 상상 속 결론은 돈이 부족한 지금과 크게 다르지 않았다. 책 읽기, 글 쓰고 책 쓰기, 편안한 사람들과 이야기 나누기, 유럽 박물관 미술관 여행. 지금도 할 수 있는 것들이다. 돈이 없다고 불가능한 게 아니다. 유럽을 가는 건 쉽지 않겠지만 그것만 빼고는 모든 게 정말 쉬운 것들이다. 지금도 얼마든지 할 수 있는 걸, 돈 때문에 못 하고 있다고 생각하며 살았다. 돈 때문에 불가능하다고 생각했다.

돈이 많든 돈이 없든, 내가 살아가는 방식은 그다지 달라질 게 없다는 걸 알았다. 읽고 쓰고 사람들과 이야기 나누고. 그게 내가 살아가고 싶은 방식이다. 너무 뻔한 결론을 돈 탓으로 돌리고 머리를 싸매고 지냈다. 돈이 많으면 살아가는 게 덜 불안한 건 사실이다. 그러나 돈이 없다고 하고 싶은 일을 못 하는 건 아니었다. 돈이 문제가 아니었다. 원하는 걸 당장 하지 않는, 뜨겁게 달려들지 않는 게 문제였다.

친구들에게 같은 질문을 던져봤다. 결론은 너나 가리지 않고 비슷했다. 지금과 크게 달라질 게 없다고 했다. 한 친구는 돈이 많다면 사람들 만날 때 밥값을 더 내고 싶다고 했다. 자기가 참여하는 커뮤니티에 기부를 많이 하고 싶다는 친구도 있었다. 골프를 더 치고 싶다거나 유럽을 가고 싶다는 말도 있었고 누군가는 지금과 똑같은 생활을 할 거라고 했다. 돈이 인생을 편하게는 만들어 주겠지만 돈의 역할은 거기서 끝나는 것 같다. 돈이 많아진다고 완전히 다른 인생이 되지는 않는다. 사람이 달라지는 것도 아니고 원하는 게 달라지지도 않는다. 지금껏 살아온 틀에서 약간의 변주만 생길 뿐이다. 지금처럼 살아가면서 생존의 불안이 덜어지는 것뿐이다.

무언가를 하고 싶은데 돈이 없어서 못 하고 있다는 생각이 든다면 자기에게 질문할 필요가 있다. 진짜 하고 싶은 게 뭔지, 정말 돈이 없어서 못 하는 것인지, 그 질문에 솔직하게 답하면 결론이 나온다. 엄청난 걸 원하는 사람은 의외로 드물다. 돈이 많으면 화성이나 목성에도 갈 수 있겠지만 그런 꿈을 갖고 사는 사람이 얼마나 될까. 돈이 없어서 못하는 건 의외로 많지 않다는 말이다. 하고 싶은 게 있다면 가능한 범위 내에서 시작하는 게 우선이다. 돈은 발목을 잡는 주범이 아니다.

무소유와 벤츠

5월 하순답지 않게 햇볕이 뜨거웠다. 섭씨 30도에 육박하는 더위를 피하며 나무 그늘 아래로 걸었다. 가끔 고개를 들어보면 솜사탕 같은 구름이 푸른 하늘길을 걸으며 따라왔다. 무소유길을 걸어 천천히 올라갔다. 전남 순천의 송광사 초입에서 불일암으로 올라가는 길이 무소유길이다. 법정스님이 기거하고 열반 뒤 잠든 불일암. 그 암자로 올라가는 무소유길은 나무가 많아서 시원했고 좁게 이리저리 굽어서 걷는 재미가 있었다.

사람들은 왜 무소유에 끌릴까. 왜 무소유라는 말에 고개를 끄덕일까. 자본의 시대, 더 많은 자산을 축적하는 게 인생의 목적인 시대, 풍요로움을 추앙하는 시대, 더 좋은 더 큰 것을 너도나도 자랑하는 시대……. 그런 시대에 무소유라니. 법정스님은 '무소유란 아무것도 갖지 않는 것이 아니라 불필요한 것을 갖지 않는 것'이라고 했다. 사람들은 어떤 생각을 하며 무소유길을 걸어 올라갔을까.

불일암은 정갈했다. 암자 앞의 작은 마당과 텃밭마저도 깔끔했다. 밑동에 스님의 사리를 모신 후박나무를 보며 잠시 서 있었다. 평일 오전이어서일까. 아무도 없었다. 수행에 들었는지 스님들도 보이지 않았다. 고요했다. 물가 옆 통나무 그루터기로 만든 의자에 앉았다. 가끔 바람이 대나무숲을 흔들고 가는 소리가 들렸다. 그리고 다시 정적. 대나무숲 너머 저 멀리에 어깨동무하며 이어진 산능선이 보기 좋았다. 마음이 편안해지는 풍경이었다. "스님 어떻게 이리 좋은 자리를 찾으셨어요?" 나도 모르게 그런 소리가 나왔다.

후박나무 앞에는 평소 스님이 앉아있곤 했다는 나무의자가 있었다. 거칠고 투박했다. 앉으면 삐걱 소리가 날 것 같고 부서질 것 같았다. 큰돈 안 들여도 매끈하고 멋진 의자가 지천인 시대. 스님의 의자는 무소유가 무엇인지 보여주는 듯했다. 정갈함, 고요함, 언제까지라도 계속될 것 같은 편안함……. 이 풍경 속에 하나의 정물처럼 그대로 머물 수 없을까. 한참을 앉아있다 몸을 일으켰다. 예매한 기차는 시간이 정해져 있고 나는 도시로 돌아가야 했다.

내려올 때는 송광사에 들렀다. 한국의 삼보사찰답게 절의 규모가 방대했다. 우화각 난간에서 보는 풍경은 감탄할 만큼 아름다웠지만, 불일암의 정갈한 풍경이 더 마음에 남았다. 방대하고 화려한 것보다 소박하고 편안한 것에 끌리는 취향은 바꾸지 못할 모양이다.

· · ·

송광사 앞 식당에서 점심을 먹고 주차장 한쪽 평상에 걸터앉았다. 버스 시간이 조금 남아 있었다. 주차장에는 열대 정도 차가 있었는데 그중 네 대가 벤츠였다. '그 흔한 벤츠'라는 표현이 떠올랐다. 인터넷에서 그렇게 쓴 글을 보고 웃었는데 이 정도면 틀린 말도 아니었다. 평생 열심히 살았는데 그 흔한 벤츠 한번 못 끌어봤다는 투정과 넋두리가 담긴 글이었다. 하긴 어디를 가도 보이는 게 벤츠다. 전국 어디를 가도 다르지 않다. 고급차의 대명사였던 벤츠는 누구나 타는 흔한 차가 되었다. 나이 많고 여유 있어 보이는 사람만 끌고 다니는 것도 아니다. 깜짝 놀랄 만큼 젊은 사람도 벤츠에서 내린다. 짜릿할 만큼 하차감을 누린다.

'나만 없어, 벤츠.' 라는 말이 맞다. 그 흔한 벤츠 한번 타보고 싶다던 그 사람은 차를 샀을까. 나는 어땠을까. 돈이 많았다면 벤츠를 샀을까. 아마 샀을 거 같다. 소박하고 편안한 걸 좋아하지만, 재물과 풍요의 유혹은 벗어나기 힘들다. 어릴 때 교과서에서 배운 대로 절약하며 검소하게 사는건, 내 신념이 단단해서가 아니라 어쩔 수 없는 쪽에 더 가깝다. 젊어서 한때 출가를 생각한 적이 있다. 심각하게 고민했던 정도는 아니다. 해볼 만한 선택으로 보였다. 출가와 벤츠의 욕망. 나는 메우기 불가능해 보이는 그 넓고 넓은 간극 속에서 살아 온 셈이다.

서울로 가는 기차에서 깊은 잠을 잤다. 달았다. 잠에서 깨어 기지개를 켜고 물 한 모금을 마셨다. 시원했다. 불일암에서 담아온 물이다. 생수통에 담겨있던 세속의 물을 버리고 불일암의 물을 가득 채웠다. 그 물을 마시면 욕망에 시달리는 영혼이 조금은 가벼워지지 않을까 헛된 기대를 했다. 불일암의 나무의자가 눈에 선하게 떠올랐다. 묵언이라는 글자 밑에 조용히 자리하고 있던 의자. 일명 '빠삐용 의자'. 법정스님은 평소에 이 의자에 앉아 절해고도 감옥에

간힌 빠삐용의 죄를 생각했다고 한다. 인생을 낭비한 죄. 자신도 그렇게 인생을 낭비하고 있는 건 아닌지 반추했다고 한다.

소박함을 넘어 투박함 그 자체인 의자. 다듬지도 않은 나무를 못질만 해서 만든 의자. 내가 만들었다면 깔끔하게 다듬었겠지. 매끄럽게 사포질도 했겠지. 앉기 편하게 대패질을 했겠지. 그리고 자랑했겠지. 내가 이렇게 잘 만들었다고. 그리고 그 의자에 앉아 고민했겠지. 어떻게 하면 벤츠를 몰 수 있을까.

삶도 그 의자 같지 않을까. 거칠고 삐걱거리고 부서질 듯한. 거칠기로 따지면 한평생 사는 것만큼 거친 게 또 있을까. 아무리 평범하게 살았다고 해도 그 별것 아닌 평범함을 유지하기 위한 힘겨운 싸움. 어느 한순간 자칫하면 삐걱거리는 게 사는 모습 아닐까. 무사태평한 듯 웃어보지만, 그 웃음 뒤에는 언제라도 금 갈 것 같은 하루 또 하루가 있다. 뿌리 깊은 나무가 되기를 바라지만 살짝 바람만 불어도 어쩔 줄 모르는 나약함. 조금만 힘을 주어 만지면 부서질 듯 약한 게 인생 아닐까. 불일암 의자처럼 거칠고 삐걱거리고 부서질 듯 위태로운 게 삶이라고 생각하자. 그게 본연의 삶이라면 불평하지 말자. 지금껏 그렇게 살아왔으니 제대로 살아온 거다. 앞으로도 그렇게 살아갈 테니 잘 살아가는 거다. 그러고 보니 그 흔한 벤츠 한번 못 끌어본 것도 너무 당연한 거다. 집으로 돌아오는 길, 복권가게에 들러 로또를 샀다. 무소유의 맑은 정신이 영험한 복을 가져올지 모른다는 얄팍한 마음으로. 무소유는 나에게 너무 멀리 있나 보다.

부장, 그런 거 안 한다

경제신문에서 일하는 후배에게 전화가 왔다.

"전국부장 자리가 비었는데, 와서 일 좀 해볼래요? 마땅
한 사람 찾기가 힘드네."

연봉부터 물어봤다.

"연봉은 얼마나 주는데?"
"이러저러해서 이 정도는 되죠."
"일은 많아?"
"업무량이 좀 될 거예요."

종합해보면 이런 내용이다. 전국부장 자리가 있다. 연봉이 많지는 않다. 일은 많은 편이다.

순간적으로 머리를 굴려봤다. 나쁘지 않은 일자리, 그럭저럭 대우받을 수 있는 직위다. 연봉이 좀 적은 게 걸리긴 해도 나쁜 조건은 아니다. 아니, 내가 처한 상황으로 보면 괜찮은 일자리다. 사회적으로 공식 정년의 나이와 일반 회사에서 활용하기는 불가능에 가까운 업무 전문성, 이런 스펙으로는 일자리 구하기가 힘들다. 노후 준비가 제대로 안 돼 이런저런 고민을 하는 퇴직자에게 이 정도면 꽤 좋은 일자리다.

한편으로는 솔깃했지만, 다시 생각해봤다. 정년이 되기 전에 스스로 자리를 버린 건 직장생활이 싫어서였다. 내 나름의 인생을 살고 싶어서였다. 그런데 몇 달 만에 다시 직장생활을 한다는 건 긴 고민 뒤의 선택에 대한 빠른 배신인 셈이었다. 원하지 않는다고 했다. 직장생활을 다시는 하고 싶지 않다고. 대신에 시간제 일자리가 있으면 연락을 달라고 했다. 임금이 적어도 내 시간을 재량껏 쓸 수 있는 그런 시간제 일자리.

후배 이야기를 들었을 때 스크린에 영상이 펼쳐지는 듯했다. 전국부장이 하는 일은 직책명 그대로다. 전국 각 지역에서 발생하는 뉴스를 관리하는 역할이다. 지역별 뉴스를 모두 취합해서 기사거리가 될 만한 내용을 따로 정리한다. 그 중에서 신문에 게재할 가치가 있는 뉴스를 골라 전송한다. 고유의 일만으로도 업무량은 상당하다. 그러나 그것으로 그치지 않는다. 부원들과 전국에 흩어져 있는 주재기자들도 관리해야 한다. 부장이 부서원을 관리하는 건 당연히 해야 할 일이다. 그런데 사람을 관리한다는 말을 나는 아주 싫어한다. 간섭받는 걸 싫어하는 성격이라서 다른 사람에게 간섭하는 것도 꺼린다. 그런데 관리라니. 나에게는 맞지 않는 일이다. 설사 사람 관리를 잘한다고 해도 그 과정에서 불거지는 갈등이나 마찰 또는 대립을 나는 견디지 못한다.

고유업무에 더해서 해야 하는 게 있다. 광고 영업이다. 신문에 기사만 채운다고 돈이 되지 않는다. 아무리 좋은 기사를 담아도 영업은 따로 해야 한다. 보직부장이라면 광고 영업을 모른 척할 수 없다. 인사 평가에 큰 비중을 차지하는 게 광고 영업이다. 기자라는 직업은 남에게 아쉬운 소리를 잘 못 한다. 직업의 특성이 그렇다. 거꾸로 남의 아쉬운 소리를 많이 듣는 편이다. 그렇지만 예전과는 크게 달라졌다. 이제는 아쉬운 소리를 하는 직종이 됐다. 광고 영업에 신경 써야 한다. 그것 역시 나에게는 맞지 않는다. 아쉬운 소리를 못 해서 밥을 굶는 쪽이지, 입에 발린 소리로 기름진 밥을 구해오는 성격은 못 된다.

윗사람과의 정무적 감각도 부장에게는 필수 요소다. 자기의 생존을 위해서도 그렇고 조직의 생리상 꼭 필요하다. 말이 좋아서 정무 감각이지 있는 그대로 말하면 정치력이다. 윗사람 심기를 헤아려야 하고, 듣기 좋은 말도 가끔은 날려줘야 한다. 때때로 골프라도 치며 같이 놀아줘야 하는 건 물론이다. 골프채는 잡아본 적도 없고 혼자 놀기 좋아하는 나에겐 모두 불가능한 일이다. 누구와의 관계를 의도적으로 끌고 가는 능력도 없다. 부장으로 필요한 요소는 하나도 갖추지 못한 것이다. 그러니 부장 자리를 수락해도 가시밭길을 걸을 게 뻔하다. 몇 달 지나지 않아 잔뜩 찌푸린 표정으로 스스로 물러나는 모습이 눈에 보인다. 그러고 보니 내가 어떻게 직장생활을 했나 싶다. 그것도 그렇게 오랜 기간을.

회사를 그만두면서 단순한 원칙을 정했다. '하고 싶은 일을 한다. 하기 싫은 일은 하지 않는다.' 그동안은 반대로 살았다. 하기 싫은 일을 하고, 하고 싶은 일은 멀찍이 밀어놨다. 먹고사는 문제가 달렸으니 어쩔 수 없기도 했다. 그런 상황이 싫어서 내 발로 차고 나왔다. 생계 수단마저 내던졌으니, 그에 상응하는 가치를 찾아야 했다. 그건 간단한 것이었다. 하고 싶은 일 하고, 하기 싫은 일은 하지 않는 것.

그 간단한 원칙을 가치로 삼기로 했다. 내가 하기 싫어하는 일, 나에게 맞지 않는 일, 마음이 힘든 일은 하지 않기. 아마도 이런 조건에 맞는 자리는 없을 게 분명하다. 그렇다면 재취업을 안 하면 된다.

부장, 그런 거 안 한다. 국장, 그런 것도 싫다. 불편한 사람과 좋은 음식 먹고, 우러나오지도 않는 권위 세우고, 아랫사람에게 소리 지르는, 그런 우스꽝스러운 모습으로 살고 싶지 않다. 조금 배고파도 하고 싶은 일을 하고, 하기 싫은 일은 하지 않을 자유가 좋다. 내가 살아온 시간 중에 가장 좋은 시간을 살고 있다. 이 좋은 시간을 직위나 연봉과 바꾸고 싶지 않다. 당분간은 이렇게 살겠다. 가능하다면 앞으로도 평생.

· · ·

"행복하게 살고 싶어서."

어느 후배가 왜 회사를 그만두느냐고 물었을 때 그렇게 대답했다. 직장생활에서 행복을 찾는다는 게 불가능의 영역이라는 걸 모르지 않았다. 당연히 알고 있었다. 그리고 또 다른 것도 알고 있었다. 너무 오랫동안 행복하지 않았다는 것. 이제라도 행복하게 살고 싶었다. 아니, 살아보고 싶었다. 회사를 그만두면 정해진 공식처럼 '불행 끝, 행복 시작'이냐고? 그럴 리가 있나. 세상살이에 그렇게 딱 떨어지는 공식은 없다. 그걸 모르는 나이도 아니다. 너무 행복하지 않은 그 자리에서 벗어나고 싶은 마음이 더 강했다. 회사를 그만두었을 때 행복해질지 아닐지는 모를 일이다. 그러나 지금 불행한 자리에 더 있고 싶지 않았다. 그동안 너무 오래 행복하지 않았기에.

　회사를 그만두니 무조건 행복하더라고 감히 말하지는 못하겠지만, 편안하다고는 분명하게 말할 수 있다. 그 편안함 속에 아직은 둥둥 떠 있는 중이다. 다시 직장생활을 한다는 건 행복하지 않아서 뛰쳐나온 곳으로 스스로 걸어 들어가는 격이다. 모순도 그런 모순이 없다. '생계라는 불안감 때문에 이렇게 허무하게 꺾이지 말자.' 그런 생각에 스카우트 제안을 거절했다. 직장인은 내가 원하는 길이 아니다. 내가 원하는 길을 걷고 싶다. 생물학적 나이로 보면 기회도 시간도 얼마 남지 않았다. 망설일 시간조차 많지 않다.

워라밸은 무슨

강연을 새로 맡으면 교안 준비에 많은 시간을 쓰는 편이다. 한 달이나 그 이상의 시간을 들일 때도 있다. 내용이 실제 현실에서 활용하기 좋은지, 교안의 흐름은 매끄러운지, 듣는 사람이 알기 쉬울지 여러 가지로 살핀다. 교안은 수업을 듣는 사람의 연령대에 따라 달라진다. 어느 지역이냐에 따라 내용을 조정하고 첨가하거나 삭제하는 과정을 거친다. 수정에 수정을 거듭해서 하나의 교안을 만든다.

교안 제작에 열중하는 나를 보고 가끔 아내는 농담을 건넨다. 얼마나 받는다고 그렇게 시간을 들이냐는 것이다. 워라밸을 지키라고 말할 때도 있다. 종일 책상에 붙어있지 말고 운동도 하라는 말이다. 말 그대로 라면 아내 말이 맞는다. 얼마나 받는다고. 때로는 정말 적은 액수를 받을 때도 있다. 인건비는 물론이고 투여한 시간 비용이 훨씬 많이 든다. 손해 보는 장사인 거다. 그렇다고 대충 하고 끝낼 수는 없다. 스스로 마음이 편하지 않기 때문이다. 마음이 편해지는 건 어디 내놓아도 당당할 수 있는 교안을 완성했을 때다. 교안의 품질이 뛰어나면 당연히 더 좋지만 그건 두 번째다. 스스로 흡족할 만큼 최선을 다했느냐가 먼저다. 열과 성을 투입해 교안을 만들었을 때, 그런 때가 마음 편하다.

아내가 보기엔 워라밸이 그다지 좋은 편이 아니다. 일하는 시간이 정해져 있지 않으니 새벽에 눈 뜨자마자 일할 때도 있다. 저녁을 먹자마자 책상에 앉아 잘 때까지 꼼짝 안 하고 있을 때도 있다. 언제 일하고 언제 쉬는지 도통 분간하기 힘들다. 얼핏 보면 종일 노는 것 같고 어떻게 보면 종일 일하는 것도 같다. 출퇴근 시간이 정해져 있지 않으니 일하는 시간 구분이 없고 뒤죽박죽이다. '워라밸은 무슨, 일이나 해' 이런 업무 시스템이다. 일과 삶의 균형을 추구하는 트렌드는 밟아 뭉개기라도 할 기세다.

하고 싶은 일을 할 때의 특징은 워라밸이 없다는 점이다. 워라밸Work-life balance은 일과 삶의 균형이라는 뜻이다. 하고 싶은 일을 할 때는 일과 삶의 균형이 별로 중요하지 않다.

모든 시간이 일이어도 크게 불만이 없다. 일 자체가 재미있으니 굳이 균형을 지킬 필요를 느끼지 못한다. 놀이에 빠진 아이들을 보면 어떤 상황인지 쉽게 이해할 수 있다. 재미있는 놀이에 빠진 아이들은 종일 뛰어도 힘들어하지 않는다. 지치지도 않는다. 어떻게든 조금이라도 더 놀려고 한다. 하고 싶은 일을 하는 사람들이 워라밸을 중시하지 않는 건 이런 현상과 비슷하다. 참 묘하다. 회사에서 하는 일이든, 하고 싶어 하는 일이든, 일이라는 점에서는 다를 게 없다. 어차피 일은 일이다. 그런데 회사에서는 워라밸을 찾고 자기 일에서는 워라밸을 잊는다. 차이가 있다면 한 가지다. 시켜서 하는 일인가, 하고 싶어 하는 일인가. 시켜서 하는 일은 남을 또는 회사를 위해 하는 일이다. 하고 싶어 하는 일은 나를 위한 일이다. 단순한 차이가 일하는 방식까지 달라지게 한다.

강연 교안을 만들 때는 세세하게 챙겨야 할 것들이 많다. 어떤 걸 가장 먼저 보여줘서 시선을 끌 것인가, 어떤 말을 해야 흥미가 커질까 고민해야 한다. 프레젠테이션에 적합한 이미지를 찾는 것도 꽤 시간이 걸린다. 강조해야 할 부분의 문구도 한눈에 들어오게 축약해야 한다. 어느 한 부분이 제대로 맞물리지 않으면 연결이 끊기고 엉뚱한 방향으로 흐른다. 교안 하나 만드는 데 신경 써야 할 부분은 너무 많다. 교안 만들기는 집안일과 비슷한 부분이 있다. 많은 시간을 들여도 별로 달라지지 않는다. 분명히 더 나아졌는데 휙 보면 뭐가 달라졌는지 알기 힘들다. 그런데 그런 과정들이 재미있다. 교안을 만들고 수정하고 다시 들여다보고 또 수정하는 작업을 하고 있어도 싫증이 나지 않는다. 나 자신도 모르게 몰입하게 된다. 마음도 편하다. 일하고 있는데 일하고 있다는 생각이 들지 않는다. 그 어떤 마음의 불편함이 없다.

교안을 만들면서 내가 힘들어하거나 귀찮아하지 않는 건 그런 재미가 있기 때문이다. 재미있으니 힘들지 않고 덜 지친다. 빨리 끝내는 게 아니라 조금이라도 더 해보려고 애쓴다. 일하는 시간이 늘어나도 얼굴이 찌푸려지지 않고 오히려 가볍게 미소를 짓는다. 일이 재미있는데 무슨 워라밸이랴. 워라밸을 잊을 수밖에 없다.

하고 싶어 하는 일은 나를 성장시킨다. 일에 쏟아낸 에너지가 부메랑처럼 다시 돌아온다. 깊이 고민한 프레젠테이션은 디자인 감각이라는 자산을 늘려준다. 장면에 알맞게 발굴한 멘트는 말하는 능력을 좋게 만들어준다. 이미지를 찾아 헤맬수록 더 빠른 경로를 익힌다. 문구의 퇴고를 거듭

하면서 시선을 붙잡을 수 있는 카페 기술을 배운다. 모든 것이 나의 능력으로 축적된다. 교안을 하나씩 만들 때마다 내가 성장한다.

받는 액수가 적어도 강연 자체로 도움이 된다. 이론으로 익힐 수 없는 경험치를 상승시켜준다. 경험이라는 귀한 자산은 돈으로 계산하기 힘들다. 지금은 예측할 수 없는 어느 순간에 빛을 내기 마련이다. 돈으로 이득과 손실을 따지지 않는 이유다. 강연 도중 꼬투리를 잡아서 질문하는 사람도 종종 있다. 상상을 뛰어넘는 질문을 받으면 당황스럽지만, 고맙게 생각한다. 경험하지 않고 그런 사람도 있다는 걸 어떻게 알 수 있을까.

결국 그 모든 일은 나를 위한 일이 된다. 고민과 경험이 내 안에 축적된다. 어떤 일이 벌어져도 화가 나지 않는다. 내가 더 성장하는데 귀한 거름이 된다는 걸 알기 때문이다. 잠시 힘들 때도 있지만, 남이 시키는 일을 할 때처럼 상처로 남지 않는다. 더 즐겁게 일할 수 있게 만들어 주는 자양분으로 남는다.

돈도 못 벌면서 종일 책상에 앉아 일하는 걸 아내는 이해하기 힘들 것이다. 월급 꼬박꼬박 받을 때도 칼퇴근하더니, 생활비도 못 버는 일을 하면서 쉬지 않으니 말이다. 하고 싶은 일을 할 때 워라밸은 중요하지 않다. 일이 곧 삶이 된다. 지금 그렇게 일하는 중이다. 누가 봐도 이해할 수 있는 상황은 아니다. 그런들 어떠하랴. 워라밸은 무슨, 일이나 한다.

정신승리가 어때서

'정신승리.'

정신이 이긴다는 말일까? 정신 차리면 승리한다는 말일까? 둘 다 아니다. 불리하거나 나쁜 상황을 억지로 좋게 생각하는 게 정신승리다. 정신적 합리화, 자기만족이고 자기위로다. 젊은 세대는 역시 다르다. 기발하고 멋진 말을 창조했다. 정신승리라니. 맞다. 살다 보면 가끔은 정신승리가 필요하다.

회사 다닐 때 아르바이트를 했다. 사업하는 사람을 알게됐는데 글을 써달라는 부탁을 받았다. 그가 종사하는 업종에 관한 것들이 주된 내용이었고 그리 어렵지는 않았다. 말하자면 주기적으로 홍보를 하는 글이었다. 전혀 모르는 분야라서 조금씩 공부를 해야 했다. 좋았던 건 자투리 시간을 활용해서도 충분히 가능했다는 점이다. 더 좋았던 건 받는 돈이 꽤 쏠쏠했다는 거다. 한 달 용돈을 넉넉히 쓸 수 있었다. 그 돈 모아서 가족과 해외여행 항공권을 해결했다.

퇴직을 결심할 때 아르바이트를 하고 있다는 것도 힘이 되었다. 수입이 끊어진 뒤 용돈은 걱정 안 해도 되니 다행이었다. 생활비까지는 해결 못 해도 최소한 집에 손을 안 벌리 수 있으니 그게 어딘가. 이 정도면 몇 년은 마음 편히 지낼 수 있을 거라는 판단이 들었다.

퇴직하고 며칠 지나지 않아 사업가에게 전화가 왔다. 목소리를 듣는 순간 뭔가 느낌이 좋지 않았다. 왜 나쁜 예감은 틀리지 않는 걸까. 재정 사정이 좋지 않다고 한다. 코로나19로 타격이 큰 데 갈수록 상황이 나빠진다는 것이다. 마른 수건도 쥐어짤 형편이라 당분간 홍보 글 게재를 중단하기로 했다고 한다. 이야기를 들으면서 매달리고 싶은 심정이었다. 지금 이러시면 안 된다고. 그건 내 사정일 뿐, 재정적으로 힘들다는데 어찌할 수 없는 일이었다. 상대방은 애써 잠시라고 말하고 있어도 원상 복귀가 어려울 건 쉽게 짐작됐다. 졸지에 용돈이 날아갔다. 전혀 예상치 않은 일이어서 당황스러웠다. 심리적 충격이 컸다. 나중에 인터넷으로 찾아보니 홍보 글은 여전히 게재되고 있었다. 누군가 쓰고 있다는 거다.

'흠, 내가 잘렸군. 사표 쓰고 회사를 정리했는데 이번엔 내가 정리됐군.' 글 게재를 줄이고 글 쓰는 사람 중 하나를 쳐냈다는 걸 알 수 있었다. 퇴직하자마자 고난의 행군이 시작될 판이었다. 그래도 이 정도쯤이야 했다. 숨겨놓은 카드가 하나 있었다. 회심의 미소도 지었다. 지방에서 글쓰기 강연을 하고 있었는데 반응이 좋았다. 2년 동안 진행했고 수강하는 사람들과 교감도 잘 됐다. 강연이 해를 이어 다시 열릴 것이라 예상했다. 회사를 그만두고 한 달이 채 지나기도 전에, 지난해 강연을 들은 분에게 전화가 왔다. "이번엔 강연 안 하시나요? 선생님 프로그램이 없네요." 부랴부랴 담당자에게 전화를 해봤다. 폐지란다. 문화 프로그램을 대폭 축소하기로 했다는 거다. 정책이 바뀌어서 없어진 프로그램이 많다고 한다. 이번엔 당황을 넘어 황당했다.

모두 날아갔다. 퇴직 후에 딛고 버틸 만한 작은 돌 하나는 있다고 판단했는데 아니었다. 순식간에 그 돌이 깨져버렸다. 단단한 돌을 밟고 있는 줄 알았는데 허공을 딛고 안심하고 있던 셈이었다. 퇴직하자마자 수입이 제로가 됐다.

한겨울 길거리에 맨몸으로 던져진 느낌이라고나 할까. 한숨이 절로 나왔다.

어쩔 수 없는 상황이라면 어쩔 방법이 없다. 아르바이트 중단 소식을 들었을 때는 입에 쓴맛이 돌았다. 많이 썼다. 그래도 선물이라고 생각하기로 했다. 퇴직 후 편안한 휴식을 보장하는 좋은 선물. 할 일이 거의 없으니 편안한 휴식을 즐길 수 있겠군. 오랫동안 고생했다고 이런 선물까지 주는군. 그렇게 생각하려고 애썼다. 되도록 마음을 가볍게 가져가려 했다. 연이어 강연이 폐지됐다는 소식엔 나도 모르게 입이 벌어졌다. 이건 또 뭐냐, 이런 심정이었다. 마음을 다져 먹었다. 차라리 잘 됐어. 맷집이 강해지겠군. 최초 마찰력이 최대 마찰력이라는 말을 떠올렸다. 이런 위기를 견디면 앞으로 닥쳐올 어려운 일도 충격을 덜 받고 넘어설 수 있을 거라 여겼다.

무너지지 않아야 했다. 무너지지 않으려면 나를 다잡아야 했다. 완벽한 휴식, 맷집 훈련이라는 합리화는 좋은 위안이었다. 나를 위한 왜곡이었다. 그때 알았다. 이게 정신승리구나. 그렇게라도 그 상황을 이겨내야 했다. 가끔은 그렇게 정신승리도 필요하다. 고사성어 새옹지마塞翁之馬의 뜻이 순순히 받아들여지는 건 어느 정도 세월을 살아낸 다음

에나 가능하다. 살면서 어떤 일이 생길지는 아무도 모른다. 인생의 좋고 나쁜 일은 예측할 수 없다. 그 일이 좋은 일인지 안 좋은 일인지도 짧은 순간에는 판단하기 어렵다. 시간이 지나 봐야 진정한 판단이 가능하다. 새옹지마가 진리라는 걸 체험으로 얻을 나이가 됐다. 그 체험으로 인생의 통찰이 생길 나이가 된 것이다. 좋은 일도 나쁜 일도 없다는 새옹지마 역시 일종의 정신승리 아닐까. 때로는 정신승리가 살아가는 힘을 준다. 힘겨운 일을 마주했을 때 마음을 가볍게 해주고 무너지지 않도록 지탱해 준다.

정신승리로 당황스럽고 황당했던 순간을 버텼다. 아침에 좋은 일이 있고 저녁에 나쁜 일이 있는 게 사람의 일이다. 내 인생이라고 예외일 리 없다. 프리랜서라는 직업을 택하는 건 흔들림을 일상으로 받아들이는 것이다. 인생이라는 길을 가는 건 보이지 않는 어둠 속을 매일 걷는 것이다. 흔들림과 어둠을 견디고 한 발씩 더 내딛는 게 내가 할 일이다. 앞으로 나아가기 위해선 때때로 정신승리가 필요하다.

불안하지만 즐거운

　세상에 이런 일이. 150만 원을 벌었다. 좋아서 입이 벌어진다. 이렇게 많이 벌다니. 너무 많이 벌었다. 이럴 땐 맛있는 거 먹어줘야 한다. 소고기를 샀다. 품질 좋은 한우를 살 수도 있었지만, 우방과 외교관계를 고려해서 호주산 와규를 샀다. 마침 40% 싸게 판다기에 선선히 그 가격에 샀다. 할인 안해도 그 정도는 충분히 살 수 있다는 표정을 지으며 고마운 마음으로 바구니에 넣었다. 부드럽고 고소한 맛이 일품이다. 돈 많이 버니까 참 좋다. 딱 한 달이었다는 게 아쉽기는 했지만.

　시간을 내 마음대로 사용하고, 스트레스 별로 없이, 한 달에 150만 원을 벌다니 산다는 건 이런 걸 말하는 게 아닐까 하는 생각이 잠시 들었다. 조금 더 벌면 저축도 할 수 있을 것 같다는 근거 없는 희망에 부풀었다. 아주 잠깐이기는 했지만.

퇴직하기 전에 대충 계산을 해봤다. 한 달 생활비가 얼마나 있으면 될까. 300만 원이면 궁하지 않은 생활이 가능해 보였다. 넉넉하지는 않을 게 분명하지만 모자라지도 않을 것 같았다. 목표를 세웠다. 회사 그만두면 한 달 300만 원을 벌겠다는 목표를. 스마트폰 배경화면을 영화 '300'의 스틸 사진으로 바꿨다. 300 전사들처럼 목숨 걸고 매달 300만 원을 해내겠다는 의지를 다졌다.

나보다 먼저 퇴직한 주변 사람을 찾아다니며 물어봤다. 명예롭지 않게 명예퇴직 당한 후배를 만나 물었다. "회사 그만두고 월 300만 원을 벌 수 있을까?" 실업급여 다 받고 프리랜서 생활한 지 1년이 넘은 후배는 안 됐다는 표정으로 쳐다봤다. 희망은 보이지 않는데 희망퇴직 당한 친구도 만났다. 똑같이 물어봤다. 친구는 물가에 내놓은 어린애 보는 눈빛을 보였다. 두 사람에게 심하게 혼났다. 말이 되는 소리를 하라고. 둘 다 한목소리로 말했다.

"미션 임파서블. 벌 수도 있기는 해. 심하게 몸이 힘든 일을 하면 가능할 수도 있지. 그런데 한 달 일하고 석 달은 누워있어야 할걸."

　현장을 겪어본 경험자의 판단은 간단했다. 퇴직하고 월 300 버는 건 퇴직 전에 연봉 3억 받기보다 힘들다. 남들이 꺼리는 고된 일이면 벌 수도 있는데 아마 약값이 더 들 거라고 했다. 어떤 학력을 가지고 있든, 얼마나 전문적인 경력이 있든 상관없단다. 모든 건 불문이고 오직 나이만 고려 대상이 될 뿐. 순순히 꼬리를 내렸다.

　진즉에 기대를 버렸다. 기대를 버리고 말고 할 것도 없었다. 사표를 내고 집으로 돌아오니 당장 현실이었다. 300만 원은커녕 30만 원짜리 일자리를 부탁할 곳도 없었다. 내가 고용주여도 수많은 사람 중에 나를 굳이 써야 할 이유를 찾기 힘들었다. 매월 100만 원을 벌 수 있으면 감사하게 살기로 했다. 운이 좋았을까. 몇몇 곳에서 강연을 맡았다. 열과 성을 다해 준비하고 임했다. 나에게 돈을 준다니 얼마나 고마운가. 고맙습니다, 누가 듣는지는 모르겠지만 하늘에 대고 말하곤 했다. 돈 버는 방법이라곤 회사에서 월급 받는 것밖에 몰랐다. 그런데 회사에 다니지 않고 돈을 벌게 되다니. 이렇게 신박한 일이 생기다니. 월 300? 바라지 않는다. 물론 벌고는 싶지만.

생활비를 어떻게 마련할 것인가. 최대한 근로 소득을 올리는 게 목표다. 근로 소득이 적어서 생활비보다 모자라면 저축해 놓은 돈을 허물어서 써야 한다. 아니, 쓰고 있다. 생활비를 감당할 정도의 근로 소득은 아직 멀었다. 쌓아놓은 돈이 많다면 별다른 걱정 없겠는데 그렇지 않은 게 문제다. 가지고 있는 돈을 최대한 덜 쓰고, 가능한 한 오랜 시간 버티는 게 최상의 생활비 방정식이다. 근로 소득 많이 일으키기. 덜 쓰기. 해법은 간단하다. 둘 다 쉽지 않다는 게 맹점이기는 하지만.

국민연금이라는 구세주가 남아 있기는 하다. 하늘의 구세주가 나타나는 때는 아무도 모르지만 다행히 국민연금이라는 구세주는 그날을 예고하셨다. 그런데 좀 늦는다. 많이 늦는다. 더 일찍 만나면 좋겠는데 안타깝기 그지없는 일이다. 금액을 조금 덜 받고 수령 시기를 앞당기는 방법도 대안이 될 수 있다. 30년 넘게 착실하게 납입하고 덜 받는다니. 아깝다. 일단은 최대한 버티기로 한다.

생활비를 줄이는 현실적인 방법은 소비를 줄이는 것이다. 급하지 않고 꼭 필요하지 않다면 소비하지 않는다. 거주하는 신도시 지역에서 서울 갈 일이 있을 때는 파란 버스를 탄다. 예전 출퇴근할 때는 빨간색 광역버스를 탔다. 빨리 가야 하고 편하니까 당연하게 탔다. 퇴직하고 서울에 갈 때도 습관처럼 탔다. 어느 날 버스비를 비교해보니 차이가 엄청났다. 무려 2배에 가까웠다. 그 후로는 파란 버스를 탄다. 파란 버스는 빨간 버스보다 정차하는 정류장이 많고 속도도 느리다. 같은 목적지에 갈 때 빨간 버스보다 20분 정도 더 걸린다. 그 정도 차이라면 차이도 아니다. 나는 시간부자다. 시간은 많고 바쁜 일은 없으니 시간을 주고 돈을 절약하기로 한다.

외식을 줄이는 것도 생활비 줄이기에 큰 역할을 한다. 기념할 일이 아니라면, 급한 일이 아니라면 외식을 자제한다. 아니 금지다. 무언가를 특별히 먹고 싶어서 외식하는 경우는 많지 않다. 밥하기 귀찮거나 괜히 입이 심심할 때 밖에서 사 먹는다. 귀찮아도 조금 몸을 움직이면 한 끼가 해결되고, 정 입이 심심할 땐 소량 포장해서 집에서 먹으면 비용이 적게 든다. 외식을 꺼리는 이유가 전적으로 돈 때문만은 아니다. 맵짠(맵고 짠맛)이나 맵단(맵고 단맛) 또는 단짠(달고 짠맛)으로 자극적인 음식이 너무 많다. 그런 음식은 입맛에 전혀 맞지 않아서 돈 주고 먹으면서 기분만 상한다. 그럴 바에는 집에서 조촐하고 담백하게 먹는 게 낫다. 건강을 위해서나 생활비를 위해서나 여러모로 그렇다.

옷을 사는 것도 줄였다. 줄인 게 아니라 줄었다. 매일 출퇴근 할 일이 없으니 현재 가지고 있는 옷도 제대로 입지 않는다. 가까운 곳에 다닐 때는 옷을 갖춰 입지 않아도 되니 필요하지도 않다. 계절이 바뀌어도 새 옷을 구매하거나 특별한 용도에 맞는 옷을 살 일이 없다. 거꾸로 옷장에 있는 옷을 매치해서 입는 패션 감각이 늘어난다.

그래서, 그런 생활이 좋냐고 누가 물을지도 모르겠다. 대답해야 한다면, 꼭 좋지는 않다고 말하는 게 맞을 거다. 아니 그건 좋고 나쁨, 맞고 틀림의 문제가 아니다. 살아가는 방식의 차이일 뿐이다. 불편하기는 해도 불행하지는 않다. 불행하지 않은 건 물론이고 때때로 행복하기까지 하다. 원했던 삶의 방식이다. 날마다 굳고 무표정한 얼굴로 스트레스에 시달리면서 한우를 먹는 게 행복하다고 생각하지 않는다. 웃는 얼굴로 스트레스 없는 환경에서 많은 월급 받으며 한우를 먹을 수 있었다면 그걸 택했을 거다. 그럴 수 없었기에 조금 벌고 스트레스 덜 받고 맛있는 거 덜 먹는 생활을 택했다. 그 선택을 후회하지 않는다. 매달 생활비를 걱정하는 불안 속에서 살지만, 생활비 걱정 없이 살던 때보다 마음은 가볍다. 이번 달에도 생활비를 고민한다. 한 푼이라도 더 벌어야 할 텐데. 불안하지만 즐거운 아이러니 속에서 살아간다.

돈 빼고 중간정산

췌장암이 의심된다는 진료 결과에 천국과 지옥을 오갔던 지인이 있다. 정밀 진단을 받으면서 자기도 모르게 인생을 돌아봤다고 한다. 식구들은 밖에 나가고 집에서 혼자 창문을 내다보며 내린 결론은 이랬단다. 그래도 내가 꽤 잘 산 것 같다. 다행히 췌장염으로 진단받고 웃음을 찾을 수 있었다. 지인은 뜻하지 않게 인생 중간정산을 할 수 있어서 좋았다고 했다.

공식적인 노동이 끝난 시점이니 나도 인생 중간정산을 해보면 좋을 것 같았다. 지인의 결론을 질문으로 던져봤다. 난 지금까지 잘 산 걸까? 선뜻 뭐라고 답하기가 어려웠다. 췌장암 공포에 떨었던 지인처럼 '그래도 나는 잘 산 것 같다'는 결론을 내리지 못했다. 이 정도면 잘 산 것 같다는 쪽으로 가려고 하면, 그렇지 않다는 생각이 강하게 막아섰다.

이유가 뭘까. 이유는 단순했다. 풍족하지 않은 살림살이, 즉 돈이었다. 노후에 끼니 걱정 안 해도 되고, 자식에게도 넉넉히 물려 줄 수 있는 형편이 아니었다. 퇴직했어도 무언가를 해서 소득을 올려야 했다. 자식에게 줄 건 거의 없었다. 그런 살림살이를 돌아보니, 난 잘 산 것 같다는 말이 나오지 않았다. 차고 넘치도록 풍족하게 사는 걸 원하는 건 아니지만, 고생하면서 살고 싶지도 않았다.

고등학교 때 국어책에 이런 이야기가 있었다. 실업자 남편이 일 나간 아내를 위해 밥상을 차렸다. 따뜻한 밥 한 그릇과 간장 한 종지가 놓였다. 그리고 쪽지도 하나 있었다. 황후의 밥, 걸인의 찬이라는 글과 함께. 이야기는 따뜻하고 아름답지만 내가 그 주인공이 되고 싶지는 않았다. 좀 부족하게 사는 것 정도는 마음 쓰지 않는다. 문제는 먹고 살 걱정에서 그다지 자유롭지 않다는 점이다. 나이 들어서도 먹고 살 걱정을 달고 살아야 하는데 뭘 잘 살았다는 거냐? 그런 질문에 반박할 말이 없었다. 나는 실패한 인생인가? 그 생각이 머리를 떠나지 않았다. 넉넉한 살림을 일군 사람과 비교해보면, 실패한 인생이라는 생각이 가시지 않았다.

그런데 뭔가 이상했다. 왜 모든 게 돈으로 귀결되는 걸까. 왜 돈이 인생의 판관 자리에 있는 걸까. 오래전부터 돈은 항상 내가 살아온 길을 심판하는 기준이었다. 잘했어, 참 잘했어, 최고야, 못했어, 그게 뭐야, 바보, 미친놈……. 그 기준은 손에 들어오거나 새어나간 돈의 액수였다.

어느새 돈은 아예 판관이 됐다. 인생 전체의 성공과 실패를 규정했다. 돈이 그럴 자격이 있는 걸까. 누가 그 자격을 줬을까. 돈은 자기 발로 그 자리에 올라간 적이 없다. 그런데 어떻게 판관 자리에 당연하다는 듯 있는 걸까. 그 자격은 누가 준 게 아니다. 내가 알아서 줬다. 내가 돈을 기준으로 인생을 보고 판단하고 평가했다. 그리고 이제는 판관이 된 돈의 판단에 끌려다니고 있다. 내가 돈을 그 자리에 올려놓았다면, 내가 끌어내릴 수도 있다는 말이다. 그렇다면 끌어내려야겠다. 내려왓!

．　．　．

인생 중간정산은 분리 회계를 하기로 했다. 돈 빼고 정산하는 거다. 돈은 돈이고 인생은 인생이다. 내가 돈이 없지 인생이 없는 게 아니다. 퇴직자 이야기를 현실감 있게 그린 소설 《끝난사람》(한스미디어, 2017)에는 이런 구절이 나온다. 퇴직하고 허무한 마음으로 집에 돌아온 주인공에게 장모는 이렇게 말한다. '가족 부양이라는 짐을 끝까지 잘 감당해주어서 고마워. 가장으로 가족을 울리는 일도 없었고, 길에 나앉게 하지도 않았고, 끝까지 책임졌다는 것은 그 어떤 일보다 큰 거야.' 책임을 다한 사위에게 고마움을 표시하는 말이다.

그 말이 맞다. 가족을 흔들리지 않게 지켜내는 건 어려운 일이다. 그리고 가장 중요한 일이다. 나 역시 자랑할 건 없지만 짊어진 짐은 어느 정도 감당해낸 듯하다. 소설 속 장모의 말에 기대어 보면, 가족 부양이라는 짐을 할 수 있을 때까지는 해냈다. 가장 역할을 대단히 잘했다고 하기는 힘들어도 아마 평균점은 될 것이다. 그 정도면 괜찮다.

퇴직하고 살아온 시간을 생각해보니 사람의 인생이란 게 무척 단순했다. 긴 세월 엄청나게 복잡한 과정을 거치면서 살아온 것 같았는데 그게 아니었다. 이 나이까지 뭐 했지? 태어나서, 밥벌이하고, 아이 키웠지. 그 이상 뭐가 있었나? 없었다. 그게 다였다. 의외로 단순했다. 아이가 자기 살아갈 몫을 할 수 있게 되면, 인생의 굵직한 일은 마무리된다. 할 일이 끝나는 것이다. 그 시기까지 가족을 굶게 하지 않았고, 특별히 어려운 일을 겪게 하지도 않았다. 큰 문제 없이 가정을 끌어왔다. 만족한다. 돈 빼고 분리회계를 해보니 나쁘지 않다. 다르게 보니 마음이 한결 편하다. 난 지금까지 잘 산 걸까? 이 질문에 대한 답을 이번엔 다르게 해야겠다. 나는 잘 살아온 셈이다. 돈만 빼면.

. . .

국립국어원 표준국어대사전에 '잘살다'의 뜻을 찾아보면 이렇게 나온다. '부유하게 살다.' 부유하다는 건 재물이 풍부하다는 의미다. 돈이 많아야 잘사는 것이라고 해석해야 한다. 이건 사전을 고쳐야 한다. 가정에서 사회에서 할 일을 충실히 해낸 사람들, 생각대로 자기 길을 걸어온 사람들, 손해 보는 걸 알면서도 꿋꿋이 사는 사람들, 남을 위해 무언가를 하는 사람들……. 이 모든 사람이 잘살고 있는 것이다. 돈은 중요하다. 삶을 기쁘게 하는 게 돈이고, 삶을 흔들어 놓는 게 돈이다. 그만큼 중요하다. 그러나 사람의 인생 전체를 돈으로만 평가하는 건 옳다고 할 수 없다. 돈을 못 벌었다고, 돈이 없다고 실패한 인생은 아니다.

퇴직은 인생 중간정산에 가장 적합한 시기다. 그 지점에서 중간정산을 한다면, 돈은 빼고 분리 회계를 권한다. 돈이 가려 놓은 많은 것들이 보인다. 돈으로 계산할 때 하찮아 보이던 인생이, 뜻밖에 멋지게 보일 수도 있다. 돈이 많다면 돈으로 중간정산을 하는 것도 좋다. 돈으로 자존감을 갖는 게 잘못된 건 아니다. 나도 그런 기쁨을 누려보고 싶다. 그럴만한 여유가 없기에 돈 빼고 중간정산을 했을 뿐이다.

인생 최종 결산도 같은 방법으로 할 생각이다. 돈 빼고. 인생이 비루해 보인 건 돈을 기준으로 계산했기 때문이다. 돈 따로 인생 따로라면 나쁘지 않은 편이다. 미래의 어느 날, 인생을 최종 결산할 때가 왔을 때, 함박웃음을 지을 수 있을지도 모른다.

3부

퇴직,
질문이
필요한 시간

퇴직, 삶의 질문에 답할 시간

삶이 던지는 질문에 답하기 좋은 나이는 언제일까. 항상 '지금'이다. 어떤 나이든 필요한 질문이 있고 지나치지 말아야 할 답이 있다. 문제는 질문만 쌓아놓았을 뿐 답하지 않고 살아왔다는 것이다. 퇴직은 그 질문을 피해 더는 달아날 수 없는 막다른 골목이다. 살아온 대로 살고 싶어도 불가능하다. 자기 의지와는 무관하게 모든 것이 달라지기 때문이다. 새로운 환경, 새로운 모습으로 살아가려면 변화해야 한다. 그동안 쌓아놓기만 했던 질문에 답이 필요한 건 그래서이다.

퇴직은 묘한 시기다. 아직 몸과 마음은 뜨거운 것 같은데 나이는 마음보다 더 빨리 달려가 있다. 퇴직이라는 단어의 막연함은 나이가 주는 무게로 그치지 않는다. 제법 많은 시간을 살아왔지만, 그동안 뭘 했는지 모르겠다는 생각이 든다. 앞으로는 뭘 어떻게 해야 하는지도 가늠하기 어렵다. 절로 고개가 갸웃거려진다. 열심히 살아왔음에도 의문부호가 여전하다. 숫자에 상관없이 퇴직하는 나이에는 누구나 '묘령妙齡'이 된다. 글자 그대로 '스물 안팎의 여자'를 뜻하는 묘령이 된 게 아니다. 세상 속으로 발을 내딛던 스물의 그때처럼 뭘 어떻게 해야 할지 몰라서 묘령이다. 내가 지금 어느 길 위에 서 있는지, 제대로 가고 있는지, 어느 쪽으로 가는 게 좋을지, 거의 모든 것에 궁금증이 솟아난다. 자연스럽게 질문이 솟구친다. 그동안 애써 미뤄놓았던 삶의 질문들이.

세금과 죽음은 피할 수 없다는 말이 있다. 세금과 죽음만 그럴까. 퇴직도 다르지 않다. 직장을 다녔든 자영업을 했든 퇴직의 순간은 온다. 퇴직은 누구나 마주쳐야 하는 경계다. 이쪽에서 저쪽으로 넘어가는 경계. 삶이 달라지는 출발점이다. 그래서 퇴직을 눈앞에 두면 미뤄놓았던 삶의 질문에 답해야 한다. 답을 하기 힘들면 답을 찾아 나서야 한다. 나는 무얼 원하는지, 얼마나 원하는지 답을 만들어야 한다.

남은 인생은 어느 길로 가서 어디에 도착하고 싶은지 스스로 답해야 한다. 내 인생을 내가 끌어가려면 나의 답을 가지고 있어야 한다.

．　．　．

"넌 뭐 하는 놈이야?"

팀원의 일 처리에 실수가 있었다. 별것 아닐 수도 있는 실수였다. 팀장이었던 나는 상사 방으로 불려갔고 별별 말이 다 날아왔다. 거의 욕설이었다. 멱살 한번 잡고 싶었지만 그건 생각뿐이었다. 그냥 서 있었다. 폭풍 같은 시간이 지나고 그 방에서 나왔을 때 한숨이 나왔다. '그러게, 난 뭐 하는 놈이지?' 마음 같아서는 사표를 집어 던졌을 텐데 그러지 못했다.

회사를 그만두지는 못해도 달라지고 싶었다. '난 지금 뭘 하는 걸까? 지금 뭘 해야 하는 걸까?' 이 질문에 답하고 싶었다. 무얼 바라고 사는 건지, 저런 소리를 들으며 회사를 다니는 길밖에 없는 건지, 때려치우면 지금부터 뭘 할 수 있는지, 많은 질문이 내 안에서 튀어나왔다. 하나 또 하나

답을 만들며 나를 찾아갔다고 하면 좋겠지만, 그러지 못했다. 답하는 시늉만 하다 뭉개고 살았다. 예전의 내 모습 그대로. 직장인이 대부분 그렇듯. 삶의 질문은 그렇게 묻혔다.

직장 상사는 수시로 질문을 던졌다. "이건 어떻게 된 거야?", "제대로 된 게 맞나?" 맡은 일이니 피할 수는 없었다. 질문이 나오면 바로 답변했다. 머릿속에 담겨있는 모든 것을 꺼내 최선의 답을 조합하는 건 물론이었다. 아는 내용이라면 바로바로 답하고 모르는 게 있으면 확인하겠다고 말했다. 자료를 찾고 인터넷 뒤지고 충분한 설명이 될 수 있는 내용으로 꼭 답했다. 별 게 아닌 질문이어도 물론 다르지 않았다.

나도 나에게 가끔 질문을 던졌다. 출근길에, 술집에서, 잠들기 전에 질문을 했다. 그 질문은 이런 것들이었다. "이렇게 사는 게 맞나? 내가 원했던 게 이건가? 이대로 계속 가면 되는 걸까?" 내 인생이니 피해 갈 수는 없었다. 그런데 피했다. 회사 일에 관한 질문은 도망가지 않으면서 내 인생에 관한 질문이 나오면 도망갔다. 가끔은 고민하지만 가끔일 뿐이었다. 상사의 질문에 답하듯 곧바로, 충분히 대답하지 않았다. 내 인생이 일보다 못해서? 그건 아니었다. 당장 답하지 않아도 별일 없기 때문이고 나중에 해도 된다는 게으름의 결과였다. 나를 직접 마주하고 들여다보는 게 익숙하지 않아서고 내 인생을 뒤적이며 하나하나 짚어보는 게 때로는 민망해서였다. 답변을 찾다 보면 예상하지 못했던 무언가가 튀어나올까 두려웠다. 그 자체를 외면하고 싶었다. 그래서 나에게 충분히 답하지 않았다. 퇴직이 눈앞에 불쑥 나타나는 순간까지.

살아오는 동안 삶은 질문을 던진다. 바쁘게 내딛는 발밑에 질문들이 쌓인다. 그런데 차오르는 질문에 충분히 대답해본 기억이 없다. 하루하루 살기도 버거운데 그 질문들이 눈에 들어올 리 없고 머리에 남을 리 없다. 끌어안지 못한 질문들은 바람을 타고 흔적도 없이 사라진다. 때로는 '왜 그런 걸 묻는 거야'라는 생각을 하며 발을 들어 질문을 부숴버리기도 한다. 불현듯 찾아왔다가 스르르 사라지고, 애써 쫓아버리기도 하지만, 그 질문들은 완전히 사라지지 않는다. 시시때때로 다시 찾아와 주위를 맴돈다.

질문이 자꾸 길을 막는 건 내 삶에 의문부호가 쌓이고 있어서다. 변화해야 할 순간이라는 의미다. 변화하고픈 욕망이 솟아오른다는 뜻이다. 지금과 다른 모습을 원하는 목마름이다. 내 안의 깊은 어딘가에서 터져 나온 무언가가 질문이 된다. 답을 찾고자 하는 목마름이 자기를 향한 질문을 만들어낸다. 그 질문에 답해야 하는 것은 결국 나다. 나에게 묻고 나에게 답하기. 내가 원하는 나를 찾아가는 출발선은 나의 질문에 답하기 시작하는 그 지점이다.

삶이 쏟아낸 질문들, 그 질문에 답해야 한다. 충분히 답해야 한다. 마음의 밑바닥까지 내려가 답해야 한다. 머리를 지나고, 가슴도 넘어서, 뼛속까지 내려가서 나의 답을 만들어야 한다. 그 밑바닥에서 몸과 마음이 하는 소리를 들어야 한다. 학생 때는 학교에서 강요하는 답으로 정답을 삼고, 자라서는 직장이나 사회에서 요구하는 답이 내 것이라고 착각했다. 내 생각으로 삶을 꾸려본 적이 있던가. 이렇게 살아야 해, 저것이 있어야 해, 남의 말을 듣고 끌려가듯 살아오지 않았던가. 자기 생각이 아니었음에도 그게 자기의 답이라고 착각한다. 남들이 알려준 답을 빌려와 이게 내 것이라고 확신한다. 남의 답으로 살아오다 보니 나의 답이 어떤 것인지를 모른다. 뭐가 문제인지도 모른다. 무엇을 등대 삼아 길을 찾을까. 남의 등대를 따라가면 그곳이 내가 가고 싶은 곳일까?

남에게 맞추어 살다 보면 본래의 내가 어떤 사람인지, 내가 어떤 모습으로 살고 싶은지 잊어버리고 만다. 결국 남의 눈으로 세상을 보고 남의 행동을 따라 하며 그게 나라고 착각에 빠진다. 그건 내가 아니다. 남이 나의 인생을 운전하는 꼴이다. 퇴직 이후에는 달라져야 한다. 자의로 타의로 살아야 했던 삶을 버릴 시간이다. 지금껏 살아보지 못한 나의 시간을 살아야 할 시간이다.

퇴직 이후, 나의 등대를 찾으려면 삶이 쏟아낸 질문에 충분히 답해야 한다. 지금껏 충분히 답하지 않은 그 질문들을 정면으로 봐야 한다. 도망쳐도 결국 만나게 될 질문들. 스스로 불러일으킨 궁금증에 뱃속에서 길어 올린 소리로 답할 때 진정한 나로 살 수 있다. 삶의 질문을 외면하지 말고 답해야 한다. 나만의 답을 만들고, 그 답대로 살아가는 게 내가 원하는 나로 사는 길이다. 나를 새롭게 가꾸는 건 나만이 할 수 있는 일이다. 퇴직은 지금껏 미뤄놓은 삶의 질문에 답해야 할 기회이다.

나와 친하지 않은 나

"내 병은 내가 잘 알아."

드라마를 보다가 가끔 이런 대사를 만난다. 드라마가 아니라 현실에서 듣기도 한다. 아픈 사람에게 병원에 안 가보느냐고 하면 자기가 잘 안다며 별거 아니라는 투로 이야기한다. "나는 내가 잘 안다니까." 과연 그럴까?

자기는 자기가 잘 안다고? 맞다. 때때로 자기에게 질문을 던져본 사람은 잘 안다. 스스로 들여다보는데 익숙한 사람이라면 맞는 소리다. 그런데 전혀 그렇지 않은 사람도 "나는 내가 잘 알아."라고 말한다. 자기의 몸과 마음이니 잘 안다고 여긴다. 아니다. 의외로 사람은 자기를 잘 모른다. 남들이 알고 있는 것만큼도 모르는 경우가 많다. 자기 성격이 안 좋다고 하면서 어떻게 안 좋은지는 모른다. 자기 말버릇 때문에 다른 사람과 마찰이 생기는데도 왜 그런지 모른다. 그러면서 "나는 내가 잘 안다."라고 단언한다.

그런 믿음이 순식간에 깨지는 건 퇴직을 마주했을 때다. 옆 동료가 퇴직한다고 하면 '아, 이 사람은 저쪽 방면이 탁월하니 그쪽으로 가면 되겠네.' '그 사람은 이런 걸 잘하니 사표 써도 큰 걱정이 없겠네.' 등의 생각을 한다. 하지만 막상 자신의 퇴직이 닥치면 무얼 하면 좋을지 전혀 떠오르지 않는다. 퇴직을 앞두면 다양한 질문이 몰려온다. 평소에는 생각할 필요조차 없던 질문도 따라온다. 삶의 큰 틀을 바꾸는 전환점이니 생각이 많아질 수밖에 없다. 지금까지 겪어보지 못한 상황과 불확실성 속으로 뛰어들어야 하기에 갖은 의문과 궁금증이 생긴다. 질문을 곱씹어 보지만, 답을 찾는 건 쉽지 않다. 잇따라 떠오르는 질문들에 답할 게 없을 때 깨달음이 찾아온다. 나와 가장 친숙할 것 같은 내가 사실은 가장 낯선 사람이라는, 생경하고도 아이러니한 깨달음이 온다.

그때야 알게 된다. 내가 제일 모르고 있는 사람이 바로 나라는 걸.

．．．

오랜만에 만나는 친구는 나에게 안부를 묻는다. "요즘 어떻게 지내? 어디 아픈 데는 없냐?" 지난달에 처음 안면을 익힌 거래처 사람도 나에게 묻는다. "얼굴이 좀 수척해진 것 같아요. 스트레스가 심한 거 아닌가요?" 옆 부서 동료도 스쳐 지나가며 묻는다. "기분이 안 좋아 보이네. 무슨 일 있어?" 남들은 이런저런 걸 묻는다. 걱정이기도 하고 마음을 써 주는 것이기도 하고 인사치레이기도 하다. 어떤 이유에서든 묻는다. 자기가 아닌 나에 대해서.

그런데 정작 나는 나에게 물어보지 않는다. 생각해보자. 남이 나에게 물어보는 걸 스스로 물어본 적이 있는지. "요즘 어떻게 지내? 어디 아픈 데는 없어?" 이렇게 스스로 물어보았는가? "스트레스가 너무 심한 거 아냐? 기분이 안 좋네, 왜 이럴까?" 이런 말들을 건네 보았는가? 내가 아닌, 나와는 별 상관없는 사람들도 물어보는 것들을 나는 나에게 물어보지 않는다. 남들이야 성의 없이 겉으로만 하는 소리일 수도 있다. 그런데 남들이 다 하는 성의 없는 인사치레조차 나에게 하지 않는 게 바로 나다. 궁금해하지도 않고 물어볼 생각도 하지 않는다.

사람들은 가장 먼저 돌아봐야 할 나를 가장 늦게 돌아본다. 한쪽으로 밀어놓고, 마음 쓰지 않고, 심하면 아예 무시도 한다. 이유는 간단하다. 자기는 자기가 잘 안다고 생각하기에 그렇다. 나는 내가 잘 알기 때문이라고? 자기에 대해 아무것도 묻지 않는데 어떻게 잘 알 수 있을까.

내 몸은 나의 것이다. 내 마음도 나의 것이다. 나와 절대 떨어지지 않는 하나이다. 몸과 마음이 나와 떨어지려면 죽어서나 가능하겠지. 그래서 자기를 잘 안다고 생각한다. 나와 친하다고 생각한다. 친하다는 건 가깝고 정이 두텁다는 뜻이다. 정은 사랑이나 친근감을 느끼는 마음이다. 정말 그 말뜻처럼 나는 나와 가까울까? 나에게 사랑이나 친근감을 느끼고 있나?

질문을 던져보자. "요즘 기분이 어때?" "누가 그렇게 힘들게 하지?" "회사 생활은 어때?" "먹고 싶은 건 없어?" 마음을 담아 가만가만 물어보자. 질문을 하면 익숙한 줄 알았던 내가 낯설게 느껴질지도 모른다. 자기에게 스스로 무언가를 묻는 행위와 그렇게 물어보는 목소리가 낯설다는 건 내가 나와 친하지 않다는 의미다. 나와 가장 친하지 않은 게 나일지도 모른다.

내가 누군지 알고 싶으면 나와 잘 사귀어야 한다. 진실한 친구로 사귀어야 한다. 마음에 담아둔 말을 꺼냈을 때도 자연스레 이야기를 나눌 수 있어야 한다. 남과는 잘 사귀면서 나와는 잘 사귀지 못하는 사람이 적지 않다. 누군가를 처음 만나게 되면 다양한 걸 묻는다. 나이나 이름을 묻고 집이 어디인지 묻는다. 어떤 책을 좋아하는지 영화는 어떤 장르를 즐기는지 묻는다. 사이가 조금씩 깊어지면 하고 싶은 게 무언지, 어디에서 어떻게 살고 싶은지 묻는다. 그런 질문과 답이 오가면서 서로에게 가깝게 다가간다. 자기와 사귀는 것도 다르지 않다. 하나씩 물어야 한다. 내가 낯설다면 남에게 처음 다가서듯 조금씩 물어야 한다. 신발을 벗고 바닷물에 발을 담글 때처럼 한 발씩 한 발씩 깊어져야 한다. 친한 친구에게 서로의 삶을 이야기하며 물었던 질문들이 있다. "넌 꿈이 뭐니? 넌 뭘 하고 싶으니? 넌 어디서 살고 싶니?" 등의 질문에 주어를 바꿔서 나에게 물어야 한다. "난 꿈이 뭘까? 난 뭘 하고 싶은 거지? 난 어디서 살기를 원하지?"

질문을 던지는 건 나에게 노크를 하는 것이다. 내 삶을 깨우는 것이다. 내 삶을 끌어안는 것이다. 나와 가장 친하지 않은 게 나라는 걸 알았다면, 퇴직이라는 계기는 다시 없는 좋은 기회가 된다. 이제라도 하나씩 나에게 질문을 던져야 한다. 나에게 노크를 하고 내 삶을 끌어안아야 한다. 내가 가장 친해져야 할 사람은 남이 아니다. 바로 나다.

최선을
다하지 않겠습니다

그렇게 회사를 오래 다녀서 얻은 게 뭘까. 회사를 떠날 즈음, 그런 생각이 들었다. 나름대로는 열심히 일했는데 남은 게 없는 것 같았다. 먹고는 살았으나 돈을 모으지 못했고, 지위가 높아지지도 않았다. 인정을 많이 받은 것도 아닌 것 같았다. 허무했다.

그런데 그게 참 묘했다. 난 지위가 높아지기를 바란 적이 없다. 실무 현장에서 일하는 게 더 어울린다고 항상 생각했다. 간부가 되어도 사람이나 업무를 관리하는 것보다 현장에서 일하고 싶었다. 운동경기라고 한다면 '플레잉 코치(선수 겸 감독)'를 원했던 거다. 인정받으려고 애썼던 것도 아니었다. 업무 실적으로 인정받고 일 잘한다는 소리를 듣는 건 나쁘지 않았다. 그게 싫다는 게 아니다. 그냥 일한 결과가 만족스러우면 좋았다. 내가 좋으면 그걸로 좋았던 거다.

가끔은 그런 생각도 들었다. 지위를 원한 건 아니지만, 나는 왜 지위도 얻지도 못했나 싶은 생각. 인정받으려 했던 건 아니지만, 특별히 눈에 뜨이는 성취를 이룬 게 아니어서 허망하다는 생각. 일하는 걸 좋아했다지만 왜 일만 많이 했을까 하는 생각이 들었다. 앞뒤도 안 맞고 뭔가 복잡한 생각들이 연이어 올라왔다.

일에서 도망가 본 적은 없었던 것 같다. 뭔가 해보고 싶어서 나서서 맡았던 기억이 꽤 있다. 원하지 않아도 일이 왔다. 나에게 일을 시키기 위해 우주의 모든 기운이 나선다는 그런 느낌이라고 할까. 나에게 일이 오면 당연하게 생각하는 그런 상황이 됐다.

명리학에서는 개인마다 타고난 복이 있다고 한다. 나는 일복만 가득했던 듯하다. 누구처럼 돈복이 넘쳐나면 얼마나 좋을까 하는 생각을 많이 했다. 하고 많은 복 중에 일복이라니, 이걸 복이라고 해도 좋은 걸까. 솔직히 화도 좀 났다.

수습 시절에 그런 생각을 했다.

'내가 맡은 것과 똑같은 일을 전국 각지에서 많은 사람이 하고 있을 거다. 그중에서 최고로 잘했다는 소리를 들어보자.'

마음먹은 대로 되지는 않았지만 끙끙거리며 일했다. 젊을 때는 일 문제로 불만을 가져본 적은 없었다. 나이가 들다 보니 그렇지 않았다. 임금피크가 되면서 많이 달라졌다. 임금은 확 줄어들었는데 일은 예전과 그대로였다. 이 나이에? 이 월급에? 스트레스가 심해졌다. 무슨 팔자가 이런가 싶었다. 퇴직을 결정하고 보니 그동안 바보 같은 짓을 한 건 아니었을까 하는 생각이 들었다. 일을 많이 한다고 어떤 대가가 있는 것도 아니었다. 승진이 빨랐던 것도 아니고 금전적 보상이 있는 것도 아니었다. 그냥 일만 많았다. 소위 말하는 잔머리를 굴렸다면 그래도 좀 편하게 생활하지 않았을까 싶은데 그것도 쉬운 건 아니었다. 누가 봐도 한눈에 보이는 얄팍한 수만 떠올랐다. 그런 잔머리를 굴리느니 차라리 있는 그대로 내보이고 사는 게 낫겠다는 판단이 들었다. 겉으로 보이는 액면의 상태가 모든 것인 그런 직장생활을 했다. 그게 최선이었고 속이 편하긴 했다. 사실은 속도 불편하고 몸도 힘든 그런 생활을 내내 했다.

회사생활에서 뭐 대단한 걸 바랐던 건 아니다. 남들과 다르게 무언가를 더 얻거나, 조금의 이득이라도 더 보려는 생각은 없었다. 그런데도 떠날 시간이 되니까 허무했다. 그렇게 많은 시간을 내어주고 나는 무엇을 얻은 걸까.

그즈음, 회사 밖 후배가 찾아왔었다. 근처를 지나던 길이라며 커피를 한잔했다. 그날 후배에게 이런 얘기를 꽤 길게 했다. 마침 업무 스트레스가 심했을 때였다. 한참을 듣고 있던 후배가 차분히 말을 받았다.

"그래도 부끄럽지는 않았잖아요. 힘들기는 했어도 부끄럽지 않았으니 그것만으로도 대단한 거라고 생각해요. 그거 쉽지 않거든요."

그 말을 듣고 떠오르는 게 있었다. 젊어서 품었던 생각 하나. 후배가 말한 바로 그거였다. 부끄럽지는 말자, 최소한 나에게 부끄럽지는 말자. 그런 소신 아닌 소신이었다. 그 소신이 행동의 바탕이 되었다고 하면 심한 과장일까? 어쨌든 어느 정도는 그렇게 살려고 했다. 대충 이런 것들이다. 손해 본다고 피하지 말자. 내가 하고 싶지 않은 일을 남에게 떠밀지 말자. 일을 맡으면 최선을 다하자. 철두철미하게 그렇게 했다고 할 수는 없다. 그래도 부끄러울 정도로 그 생각에서 벗어난 적은 없었던 것 같다.

긴 회사생활의 허무함을 달래줄 건 그 한마디인 것 같았다. 억지로라도 그렇게 생각하고 싶었다. 그렇지 않다면 정말 아무것도 남지 않을 것 같았다. 다행이었다. 아주 조금은 생각대로 살아왔다는 것. 그런 마음 한 조각을 품을 수 있어서 다행이었다. 그걸로 긴 직장생활을 마치는 나를 위로하고 싶었다. 무언가 부족한 위로지만 나에게 주어진 게 그것뿐이라면 어쩔 수 없었다.

퇴직 이후에는 마음을 바꾸기로 했다. 최선을 다하지 않기로. 마음을 굳게 다지고 있다. 최선을 다하지 않겠습니다. 예전의 나에 대한 배신, 재밌는 배신이다. 생산성이 좋아지는 것보다 삶이 좋아지는 것에 더 집중할 때가 됐다. 하고 싶은 일을 찾아가고 스트레스는 적게 그리고 재미와 기쁨은 많이. 오랫동안 일 많이 한 나에게 주고 싶은 보상이다. 왠지 모를 허무함 속에서 얻은 답을 두 가지로 정리하면 이렇다. 부끄럽지는 않았다. 내가 기쁜 삶을 찾아서 가야겠다. 그럴듯하다. 긴 회사생활에서 그래도 무언가 건지긴 건졌다.

불편한 질문과 마주하기

"이 회사를 정년까지 다녀야 하는 걸까."

"정년이 가능하기는 한 걸까."

"내가 꿈꾸었던 건 무엇이었나."

"더 나이가 들면 어디서 무얼 하고 있을까."

지금 하는 일에 회의가 느껴질 때, 주변 사람들과의 관계가 안 좋아질 때, 버티면서 하루하루를 살고 있다는 생각이 들 때, 이런저런 생각들이 머리를 치고 들어온다. 머릿속이 복잡해지지만, 언제나 그렇듯 해답은 없다. 사는 것만 더 힘들어진다. 그럴 땐 도망가는 게 최고다. 언제나 만만한 힐링을 찾아서.

일상에 지치고 사는 게 피곤할 때 사람들은 힐링을 떠올린다. 심신이 힘들다 싶으면 힐링에 매달린다. 고생한 자기를 위로한다며 이것저것 선물을 투척한다. 숨 돌릴 틈조차 없고 심신은 지쳐갈 때 잠시의 휴식과 힐링은 물론 필요하다. 고단한 나날에 그런 달콤함 정도는 있어야 한다.

문제는 날이면 날마다 힐링이라는 방으로 도망간다는 거다. 조금만 피곤한 일이 생겨도 힐링을 외친다. 마음이 힘들다 싶으면 힐링에 기댄다. 힐링은 언제부턴가 생활필수품이 됐다.

힐링이 위로가 될 수는 있다. 그러나 시도 때도 없이 힐링이라는 방으로 뛰어가는 건 도망이다. 눈앞의 불편함을 마주보기 싫어 고개를 돌리고 걸어가는 것과 같다. 고개를 돌리면 잠시 보이지는 않지만, 그 상황이 달라지는 건 아니다. 언젠가는 정면으로 부딪치게 된다. 우리는 따뜻한 힐링이 가득한 냄비 속의 개구리가 된 것 아닐까.

물이 끓고 있는 냄비에 들어간 개구리는 깜짝 놀라 뛰어나온다. 반면 조금씩 따뜻해지고 서서히 끓어오르는 물속에서는 위험을 느끼지 못한다. 따뜻함에 취해 서서히 죽어가는 길을 택하는 꼴이다. 힐링의 달콤함에 매달리는 건 불편함을 거부하는 것이다. 거부한다고 삶의 불편한 지점이

사라지지 않는다. 더 깊은 상흔만을 남길 뿐이다. 때로는 힐링의 장막을 걷어내고 불편함과 마주 서야 한다. 편안함보다 불편함 속에 한 번쯤 나를 내던져 보아야 한다.

. . .

산다는 건 나답게 살기 위해 싸움을 벌이는 것이다. 내가 원하는 모습으로 살기 위한 싸움의 역사를 몸으로 마음으로 시간으로 쓴다. 내가 원하는 나와 현실에 따라야 하는 나의 힘겨운 싸움이다. 퇴직이 닥쳐오면 본질적이고 철학적인 싸움을 새롭게 시작해야 한다. 승리와 패배를 가르는 싸움이 아니다. 앞으로의 길을 찾는 자기 자신과의 싸움이다. 길을 찾으려면, 내가 누구인지 알려면, 질문을 던져야 한다. 나를 모르면 어떻게 살아야 하는지도 모른다. 어떻게 살아야 하는지 눈을 뜨려면 질문을 던져야 한다. 돈이 적거나 배움이 모자라서 길을 잃는 게 아니다. 질문을 하지 않을 때 삶은 길을 잃는다. 질문을 멈추면 인생도 그 자리에서 멈춘다.

여기는 어디? 나는 누구? 이 질문이 우스개라고 생각할지도 모르겠다. 웃음기를 걷어내고 이 질문에 답해보자. 뭐라고 답할 것인가. 자신 있게 답할 사람은 많지 않다. 웃긴 질문이 아니라 한없이 불편한 질문이다. 이 질문이 불편한 이유는 나를 두들기기 때문이다. 답하기 어렵기 때문이다. 답을 갖고 있지 못하기 때문이다.

삶이 던지는 질문의 답은 어디 있을까. 내 손과 발이 닿을 수 없는 먼 곳에 있지 않다. 모든 답은 아주 가까운 곳에 있다. 바로 내 안에 켜켜이 쌓여있다. 누가 몰래 숨겨놓지도 않았다. 지구를 몇 바퀴 돌아도 찾지 못하는 비밀창고에 답이 있는 게 아니다. 정면으로 보면 바로 보이는데 애써 보지 않을 뿐이다. 스스로 되묻지 않고, 물음이 있을 땐 답하지 않는다. 마주보기 불편해서 고개를 돌린다. 답은 내가 알고 있다. 무엇이 현실이고 무엇이 꿈인지 너무 잘 알고 있다. 무엇이 가능하고 무엇이 불가능한지 정확히 알고 있다. 답이 없는 게 아니다. 그 상황을 마주 보는 게 싫어서 짐짓 모른 체하고 있을 뿐이다.

뜻하지 않게 질병에 걸리는 건 약한 몸이 아니라 남달리 튼튼한 몸이다. 돌도 소화하는 위장인데 무슨 문제가 있겠느냐고 자신할 때가 문제다. 신기하게도 자신 있는 부분부터 무너진다. 아무런 문제가 없을 때, 자신감이 넘칠 때 몸은 상하기 시작한다. 몸을 건강하게 만들어 주는 건 오히려 질병이다. 위장병이 있는 사람은 식욕을 참으면서까지 부담되는 음식을 피한다. 당뇨병에 걸리면 철저한 식이요법은 물론이고 안 하던 운동까지 한다. 치명적인 질환의 가족력이 있으면 평생을 조심하고 또 조심한다. 몸에 문제가 생길 때 사람은 어떻게든 더 나은 길을 찾아낸다.

삶도 몸과 다르지 않다. 걸어가야 할 방향을 잃었을 때, 아프고 통증이 계속될 때, 일상에 의문이 생길 때 달라진다. 승진에서 밀리면 '내가 왜'라는 생각이 들기 마련이다. 회사 내에서 정치력에 밀렸는지 직장생활에 어떤 문제가 있는지 돌아보게 된다. 배우자와 격렬한 충돌이 생기면 문제의 원인을 되짚어 본다. 내 잘못인지 배우자 탓인지 한 번이라도 더 생각하게 된다. 주변 사람들과 어울리는 게 불편해지면 '무엇 때문에' 이렇게 되었는지 궁금해진다. 자기 태도에 문제는 없었는지 언행을 되짚어 본다. 의문이, 질문이 삶을 달라지게 이끈다. 질문이 중요한 이유다. 전혀 문제가 없다고 확신을 가지고 사는 사람은 모른다. 자기에게 큰 문제가 있다는 것을. 밖에서 보는 사람은 누구나 알지만 정작 당사자는 아무것도 모른다. 단 하나만 생각한다. 자기에게는 그 어떤 문제도 없다고. 생각지도 못했던 아픔이 찾아왔을 때 그때야 무언가 문제가 있음을 자각한다.

.　.　.

사람을 성장시키는 건 마음을 아프게 만드는 질문들이다. 진정한 나를 찾기 위해선 그 불편한 질문들에 대답하는과정을 거쳐야 한다. 별것 아닌 감기에 걸려도 열에 시달리고 온몸이 욱신대는 과정을 거쳐야 건강함을 되찾는다. 어느 정도의 불편함과 고통의 과정을 거쳐야 치유되는 것이다. 삶이 자라는 건 어딘가 불편해지기 시작할 때다. 살면서 아무 노력도 없이 얻어지는 건 없다. 불편해져야 삶이자란다. 불편한 질문들을 모른 체 말고 꼭 답해야 한다. 그대답들은 더 성장하고 더 달라지고 싶은 내 삶의 거름이다.세상 어디에도 없고 세상 그 누구도 만들 수 없는, 나만이만들 수 있는 가장 건강한 거름이다.

삶의 질문에 답하는
마음 글쓰기

아침에 집을 나서기 전에 거울을 본다. 거울을 보는 건 나를 제대로 보기 위해서다. 얼굴에 뭐가 묻어서 흉하지 않은지 머리 모양은 잘 되었는지 본다. 옷매무새는 흐트러짐이 없는지 잘 어울리는지도 꼼꼼히 살핀다. 거울을 보다가 마음에 들지 않는 부분이 있으면 다시 손을 본다. 화장이 얼룩진 곳을 다듬고 한쪽에 붙어있는 머리카락도 떼어낸다. 옷 색상이 영 어색하다 싶으면 바꿔 입기도 한다. 그렇게 매무새를 다듬는 과정을 통해 더 깔끔하고 멋지고 마음에 드는 모습을 찾아간다.

삶의 질문에 답하는 글쓰기도 그렇다. 글쓰기 자체가 내 삶을 보는 거울이 된다. 머릿속으로 생각만 하던 것들을 글로 쓰면서 분명하게 보게 된다. '이런 것도 같고 저런 것도 같은데…….' 라는 막연함에서 벗어나 '이런 것이고 저런 것이구나' 명확해진다. 나는 어떤 일을 할 때 즐거운가, 행복을 느끼는 건 어떤 순간인가, 가장 부끄러웠던 건 언제였나, 화를 이기지 못한 건 주로 어떤 일들이었나, 글로 써보면 뚜렷하게 잘 보인다. 쓰다 보면 구체적인 내용이 떠오르고 숨어있던 기억들이 모습을 드러낸다. 생각으로 더듬거리던 것들, 말로는 딱 부러지게 드러내기 힘들었던 것들을 분명하게 보여주는 게 글이다.

. . .

입으로 '나는 성격이 너무 까칠해' 하던 걸 글로 세세하게 쓰다 보면 자연스럽게 세부적인 모습이 그대로 드러난다. 어떻게 까칠한지, 어느 때 그렇게 되는지, 특히 누구에게 더 그런지 명확하게 보인다. 까칠한 게 아니라 짜증이 많아서 그렇게 보였다는 새로운 발견을 할 수도 있다. 자기도 모르던 모습을 알게 되는 것이다. 주말에 직장동료들과 다니던 등산도 정말 좋아서 그랬는지 어쩔 수 없는 몸짓이었는지 알 수 있다. 날마다 이리저리 쏘다니던 술자리 역시 마찬가지다. 솔직하게 쓰다보면 지금 나에게 절실하게 필요한 게 무엇인지도 드러난다. 많은 돈인지, 당장 하루 이틀의 휴식인지, 멀리 떠나는 여행인지, 사표를 내고 싶은 것인지…….

글은 마음을 담아내고 감정을 길어 올린다. 일상을 쓰다보면 어떻게 살아왔는지 보이고 어떻게 살아가야 할지 생각이 정리된다. 나의 모습과 처한 현실을 선명하게 보여주는 거울인 셈이다. 누군가에 대해 안다는 건 그가 무엇이 필요한지 알게 된다는 것과 같다. 내가 나에 관해서 묻고 그 답을 글로 써보는 것은 나를 알기 위해서다. 나를 알게 되면 나에게 무엇을 해줘야 할지 알 수 있다. 자기에게 하고 싶은 말이 무엇인지도 알게 된다. 그런 앎은 사랑으로 이어진다. 나를 사랑하지 못하는 것은 나를 제대로 알지 못해서이다. 자기가 좋아하는 게 무엇인지, 가장 원하는 게 무엇인지, 당장 필요한 게 무엇인지 모르면 무얼 어떻게 해줘야 하는지도 모른다. 무엇이 필요한지도 모르니 가까워질 수 없고 사랑의 단계까지 나아가지 못한다.

나폴레옹이 ス유럽 정복을 위해 대군을 이끌고 원정을 떠났다. 알프스 첩첩산중 앞에서 나폴레옹이 어떤 산을 가

리키며 말한다. "저 산을 넘으면 된다." 병사들은 온 힘을 다해 산을 오른다. 산 위에서 주위를 둘러보던 나폴레옹이 말한다. "이 산이 아니다. 옆 산이다." 힘들게 올라간 산에서 내려와 역시 높이가 만만치 않은 산을 다시 오른다. 죽을힘으로 산에 오른 병사들은 나폴레옹을 바라본다. 그의 입에서 나온 한마디. "여기가 아니다. 아까 그 산이 맞다." 꽤 오래전에 떠돌던 유머다. 유머라고는 해도 병사들 심정이 어떨지 절절하게 느껴진다. 어디로 가야 하는지 모르는 대가는 항상 혹독하다.

나를 잘 알고 사랑한다면 나폴레옹처럼 고생고생하면서 엉뚱한 산을 오르지 않는다. 이 길로 가야 하는지, 저 길이 맞는지 헷갈리지 않는다. 내가 가야 할 길을 알고 있기 때문이다. 내가 누구인지 모르고 가야 할 길을 모르면 살아가는 순간마다 흔들리고 헤매기 마련이다. 이쪽 산꼭대기에 올라서 보면 저쪽 산이 맞는 것 같고, 저쪽 산을 다시 오르고 보면 아까 그 산이었다는 걸 그제야 깨닫는다. 그나마 알게 되면 다행이다. 전혀 다른 산을 오르고 그 산에서 생의 끝까지 머무는 사람은 얼마나 많은가.

삶의 질문에 답하는 글쓰기는 백지 위에 나를 꺼내 놓는 것이다. 마음을 있는 그대로 표현하고 감정을 솔직하게 드러내는 행위다. 자기 자신과 마주 앉아 나누는 대화인 셈이다. 영국의 역사가 E. H. 카는 '역사는 현재와 과거의 끊임없는 대화'라고 했다. 지나온 역사를 알아야 새로운 역사를 창조할 수 있다는 의미일 것이다. 그 말에 빗대어 표현한다면, 나에게 묻고 나에게 답하는 글쓰기는 나와 나의 끊임없는 대화다. 나를 알아야 나를 만들어 갈 수 있다는 점에서 그렇다.

나와 대화를 나누다 보면 숨어있던 마음을 볼 수 있다. 삶을 재구성하는 디딤돌이 만들어진다. 글쓰기를 어렵게 생각할 필요는 없다. 좋은 문장에 매달릴 이유도 없다. 백일장을 나가거나 대입 시험을 보거나 승진이 걸린 게 아니니까. 내키는 대로 마음을 담아 쓰는 것으로 충분하다. 짧은 메모도, 긴 문장도 이미 그 자체로 글이다. 중요한 건 쓴다는 것이다. 내가 쓴 길고 짧은 글은 삶을 기록하고 들춰보며 나를 찾아가는 길이 된다. 그 길 끝에서 만나는 것은 지금까지와 또 다른 삶이다. 그렇기에 글쓰기는 나와 친해지고 나를 사랑하는 가장 좋은 방법이다.

나를 발견하는 질문들

  이 글의 말미에는 24개의 질문이 있다. 현재에 관한 질문 8개, 미래에 관한 질문 8개, 과거에 관한 질문 8개, 모두 24개다. 주어지는 질문들은 심오한 뜻을 지니고 있지 않다. 어렵지도 않다. 그러나 불편하다. 많이 불편하다. 마주 보기 싫은 것들도 있다. 언젠가는 꼭 해야 하는데 선뜻 내키지 않는 숙제와 비슷하다. 막상 답해보겠다고 달려들면 쑥스럽고 겸연쩍어진다. 답을 적어가다 보면 때로는 손발이 오글거린다. 마음을 다해 답을 만들어보고 싶은 질문도 있고 막연해지는 질문도 있다. '퇴직하는 내가 이 나이에' 하는 생각이 들 수도 있지만 그래서 해야 한다. 이 나이까지 자기 자신에 대해 아무것도 모르고 살았으니까. 어떻게 살아왔는지 어떤 일이 있었는지 제대로 생각해본 적 없으니까. 한편으로는 무척 익숙한 질문일 수도 있다. 바삐 살아가는 어느 날 불현듯 떠올렸던, 술자리에서 장난처럼 던졌던, 어느 순간엔가 진지하게 고민했을 어떤 것들이기도 하기에 그렇다.

1주일에 하나의 질문을 붙잡고 자기의 생각을 끄집어내고 정리하기를 권한다. 또 한 가지는 그 생각을 글로 써보라는 것이다. 머리로 불러낸 생각과 손으로 써 내려간 글의 끈끈한 협업이다. 쓰는 방식은 중요하지 않다. 쓴다는 게 중요하다. 컴퓨터로 작성해도 되고 손으로 노트에 써도 아무런 관계가 없다. 어떻게든 쓰면 된다.

1주일에 하나의 질문. 그 정도의 시간이면 질문에 관한 생각을 정리하고 글로 쓰기에 적당하다. 많은 시간이 주어지면 더 많이 더 깊이 생각할까? 오히려 생각이 늘어지고 주의가 산만해질 가능성이 크다. 그 반대로 2~3일 정도의 시간은 생각을 길어 올리기에 충분하지 않다. 시간에 쫓겨 정작 중요한 내용을 놓칠 수 있다. 생각을 글로 정리하는 시간까지 있어야 하기에 2~3일은 다소 짧다. 1주일은 많은 사람이 시간의 흐름을 맺고 끊는 기준이다. 생활 사이클로 익숙해져 있는 1주일의 시간은 자기를 통제하는 기준으로 적합하다. 질문 하나를 생각하고 글로 정리하는 데 사실 1주일이 충분하다고 볼 수는 없다. 실제 생각하고 정리하다 보면 짧다고 느낄 수도 있다. 그러나 모자란 듯한 1주일은 긴장감도 생기고 효과적 몰입이 가능한 적당한 기간이다. 주어진 생각과 정리를 1주일에 해내지 못한다면 그 이상의 시간이 주어져도 잘 진행되지 않는다. 시간의 문제가아니라 의지의 문제이기에 그렇다.

1주일에 하나씩 24개의 질문에 관한 글쓰기는 6개월이 필요하다. 6개월은 긴 시간이다. 한해의 절반에 해당한다. 왠지 시간을 날리는 것 같은 생각이 들지도 모르겠다. 그러나 자기의 삶을 짚어보기에 긴 시간이라고 말하기는 힘들다. 사람은 평생 화내는데 5년, 전화하는데 1년에 달하는 시간을 사용한다는 통계가 있다. 화내는데 5년을 사용하면서 자기를 돌아보는 시간으로 6개월을 아까워한다면 이해하기 힘든 일이다.

주어진 질문에 관한 생각을 하고 글로 쓰는 6개월이라는 시간은 내가 몰랐던 나를 찾는 시간이 될 것이다. 그 정도의 시간으로 인생에서 가장 귀한 보물 '나'를 찾을 수 있다면 인생 최고의 투자다. 질문에 관한 깊은 생각과 그 답을 써보는 6개월은 내가 몰랐던 나를 찾아가는 시간이다. 이 6

개월은 배낭여행과 비슷하다. 가이드가 정해준 코스를 따라가는 패키지여행이 아니다. 어디를 가고 싶은지 스스로 묻고 평소에 꿈꿨던 곳을 소리쳐 대답하는, 내가 원하는 곳을 찾아가는 배낭여행이다. 조금은 힘겹고 조금은 재미있고 조금은 즐겁고 어느 때는 휴식 같은 여행이다.

현재에 관한 질문들은 지금의 나를 마주 보는 내용으로 구성되어 있다. 어떻게 살고 있으며 어떤 모습으로 살고 있는지, 왜 이렇게 살고 있는지를 직접 들여다본다. 지금 나는 왜 행복한지, 왜 불행한지, 어디로 가고 있는지, 지금의 나는 누구이고, 현재 나에게 필요한 것은 무엇인지 정면으로 보는 기회가 된다.

미래에 관한 질문은 내가 살고 싶은 앞으로의 모습을 그려본다. 실현하지 못할지라도 진정 내가 원하는 내 삶의 모습은 어떤 것인지를 본다. 어디서 살고 싶은지, 어떤 모습의 어른이 되고 싶은지, 나를 평온하게 만들려면 어떻게 해야 하는지 스스로 답을 찾는 과정이다. 앞으로의 내 삶을 꿈꾸고 그려보는 질문들이다.

과거에 관한 질문의 요점은 살아온 시간의 기쁨과 아픔을 돌아보고 끌어안는 것이다. 자기도 몰랐던 기쁨 또는 외면했던 아픔들을 다시 살려내고 내가 어떤 사람이었는지 내가 잊고 있던 꿈들은 어떤 것이었는지 살펴본다. 자기를 못나게 여기던 마음을 버리고 과거의 자기를 이해하는 시간이다.

1주일에 하나의 질문, 고작 24개의 질문, 6개월의 시간이 사람을 바꿔놓지는 못한다. 평범한 사람이 갑자기 현명해지지도 않고 눈이 환하게 뜨이는 깨달음이 오지도 않는다. 퇴직한 이후의 먹고 살 거리를 마련해주지도 못한다. 인생 자체가 바뀌는 일 같은 건 더더욱 없을 것이다. 한 사람의 현재, 미래, 과거를 각각 8개의 질문으로 모두 짚어볼 수는 없다. 그러나 자기를 다시 보는 기회가 되기에는 충분하다. 나에게 어떤 문제가 있는지, 무얼 잊고 살아가고 있는지, 무얼 원하는지 생각해 볼 수 있다. 앞으로 살아갈 방법을 고민하고 새로운 궤도로 방향을 수정하는 전환점이 될 수도 있다. 현재의 삶을 깨우고, 미래를 그리고, 과거와 화해하는 6개월. 나를 발견하는 디딤돌이 만들어지는, 어떤 시간보다 가치 있을 6개월이다.

〈현재를 마주 보는 질문〉

나를 다섯 줄로 표현하면?

나에게 행복은 어떤 모습인가?

지금 가장 큰 불안은?

오직 나를 위해 해 본 것은?

지금 삶의 만족도는 몇 점일까?

가장 하고 싶지 않은 것은?

나를 바꾼다면 무엇을 어떻게?

내일 죽는다면 무엇을 가장 후회할까?

〈미래를 그려보는 질문〉

모든 직함이 없어지면 나는 누구일까?

10년 후 나는 지금과 무엇이 어떻게 다를까?

어떤 사람으로 기억되고 싶은가?

꼭 이루고 싶은 게 있다면?

내가 생각하는 성공은 어떤 모습인가?

마음을 편히 만드는 나만의 방법은?

생각대로 산다면 어디서 어떻게 살고 싶나?

내 부고 기사에 내가 제목을 붙인다면?

〈과거를 끌어안는 질문〉

내 인생의 큰 경험 3가지는?

내가 이룩한 빛나는 성취는?

잊고 있었던 나의 재능은?

가슴 아팠던 순간은?

나의 꿈은 무엇이었나?

고맙다고 말해 주고 싶은 사람은?

행복했던 기억 3가지는?

지난 내 삶이 좋았던 이유는?

4부

이제야
내가
되어간다

나도 몰랐던 나

복도를 따라가니 강의실 문이 보였다. 걸음을 멈췄다. 크게 호흡을 한 번. 그래도 진정이 안 된다. 괜한 짓 한 거 아닐까. 발길을 돌려 화장실로 갔다. 거울을 보고 머리를 다듬고 큰 호흡을 몇 번 되풀이했다. 시간이 됐다. 더 늦으면 안 된다. 도망가기는 이미 틀렸다. 다시 복도를 따라 강의실 문 앞에 섰다. '결국 여기까지 …… 어떡하지 …… 에라 모르겠다…….' 손잡이를 잡고 문을 살짝 열었다.

· · ·

글쓰기 강의를 하겠느냐는 제의를 받았다. 커뮤니티에

서 교육을 맡았던 경험이 있고 글쓰기와 책쓰기 모임을 이끈 시간이 꽤 된다. 얼마든지 가능하다. 그런데 걱정이 앞섰다. 불특정 다수 앞에 서야 한다는 부담감이 몰려왔다. 사람들 앞에 서는 걸 꺼리고, 될 수 있으면 말을 적게 하는 게 나라는 사람의 성향이다. 성격은 당연히 내성적이다. 그런 내가 대중강연을 할 수 있을까. 겁이 먼저 났다. 그런데 묘했다. 한쪽에서는 해보고 싶다는 마음이 솟아올랐다. 살짝 흥분되기도 했다. 잠시 망설인 끝에 덥석 물어버렸다. 해보자.

수락하고 나면 어차피 결정된 일이니, 마음이 편할 줄 알았다. 웬걸. 그 많은 사람 앞에서 버벅거리면 어쩌지? 어떤 말을 해야 하는 거지? 실수하면 그런 망신도 없을 텐데 어떡하지? 별별 생각이 다 몰려왔다. 스트레스도 장난이 아니었다. 괜히 한다고 했나 보다. 후회하고 또 후회했다. 공고까지 났는데 못 하겠다고 할 수도 없는 일이었다. 걱정과 후회를 끌어안고 준비에 나섰다. 걱정되는 것들을 하나씩 짚어보고 문제가 되지 않도록 세세한 내용까지 철저하게 준비했다.

사정도 봐주지 않고 날짜는 다가왔다. 그렇게 도착한 강의실. 잠시 망설였다. 강의 시작 십 분 전. 여길 들어가야 하는 건지, 왜 하겠다고 했는지, 어떻게 하면 좋을지, 여전히 혼란스러웠다. 내 발등을 스스로 찍은 것 같았다. 이젠 돌이킬 수 없는 일. 강의실 문을 살짝 열었다. 서른 명의 눈길이 쏟아지는 게 느껴졌다. 일단 웃자. 씩 웃었다.

"안녕하세요."

아무렇지도 않은 것처럼 큰 목소리로 인사를 했다. 교탁 앞에 서니 빔 프로젝트가 보였다. 장비가 잘 작동하는지부터 살펴봤다. 천천히 장비를 작동했다. 서두르다 실수하지 말아야 한다. 실수하면 당황하고 강의는 엉망이 될지도 모른다. 준비를 마치고 고개를 들어 앞을 봤다.

"반갑습니다."

다시 인사를 했다. 이상했다. 떨리지 않았다. 덜덜거리는, 내가 들어도 떨리는 목소리가 나올까 봐 가장 걱정이었다. 그렇지 않았다. 압박감이 느껴지지도 않았다. 이상하네. 강의실 문 앞에서 그냥 돌아서고 싶던 마음과 전혀 달랐다. 전체 공간을 둘러보고 강의계획표 파일을 열었다. 준비한 내용을 첫 페이지부터 차분하게 전달했다. 한 사람 한 사람 얼굴을 살피기도 했다. 나이는 얼마나 되는지 어떤 표정을 하고 있는지 정말 궁금했다. 강의 중간에는 수강하는 사람들과 짧게라도 이야기를 나누며 참여를 이끌었다. 두 시간이 어떻게 지나갔는지 모르게 끝이 났다. 등에는 땀이 흥건하게 흐르고 얼굴은 살짝 달아올랐다. 걱정했던 상황은 생기지 않았다. 강의하며 칠판에 써 놓은 것을 지우고 정리하면서 기분 좋은 피로가 몰려왔다.

그날, 나도 몰랐던 나를 발견했다. 많은 사람 앞에서 이렇게 오래 이야기할 수 있다는 걸 몰랐다. 모르는 사람들 앞에서도 그다지 떨지 않는다는 걸 몰랐다. 이런 상황을 재미있어 한다는 걸 몰랐다. 스스로 믿기지 않았다. 나에게 이런 모습이 있었다니. 새삼스럽게 알았다. 무엇이든 해봐야 안다는 걸. 부딪쳐 보지도 않고 지레 포기하지 말아야 한다는 걸 알았다. 한번 해보고 싶다는 마음을 그대로 눌러 앉혔다면, 작은 용기를 내지 않았다면, 지금도 나를 잘못 알고 있었을 것이다. 숨어있는 내 모습을 평생 발견하지 못했을 수도 있다. 한 번의 시도가, 작은 용기가 새로운 세계를 열어줬다.

첫 책을 내고 얼마 지나지 않아 한 기업체 전화를 받은 적이 있다. 독서와 관련한 강연을 해달라는 거였다. 책 읽기에 관한 책이어서 그랬던 모양이다. 강연? 내가? 겁부터 났다. 한편으론 호기심도 생기고 궁금하기도 했다. 여러 가지를 물어봤다. 어떤 장소에서, 누구를 대상으로 하는 것인지, 인원은 얼마나 되는지. 기업 마케팅 차원의 고객들이고 인원은 150명 정도이며 시간은 두 시간이라고 했다. 그때 많이 고민했다. 해보고 싶기는 한데 자신이 없었다. 아는 사람들 하고도 길게 이야기하는 게 힘든데, 150명이나 되는 사람들 앞에서 두 시간이라니. 이게 가능한 일일까. 결국 시간이 맞지 않는다는 핑계를 대고 거절했다. 거절이 아니라 도망쳤던 셈이다. 7년이라는 시간이 지나서야 알았다. 그때 그 강연을 수락했어야 했다는 걸. 나의 한계를 스스로 만들었다는 걸. 그 한계의 테두리를 넘어설 엄두조차 내지 않고 살아왔다는 걸.

· · ·

새롭게 만난 세계에서 요즘 즐겁게 논다. 강연을 한다는 건 익숙한 지리적 공간을 벗어나는 일이다. 전혀 가보지 못한 곳을 찾아가는 재미가 있다. 새로운 지역에 가서 전혀 몰랐던 그곳만의 분위기를 맛보는 기회가 된다. 무엇보다 사람을 만나는 일이 좋다. 혼자 있기 좋아하는 나에게 모르는 사람을 만나는 건 긴장감이 따르는 일이다. 그러나 긴장감 이상의 신선한 자극도 있다. 어느 정도의 긴장감은 삶에 자극을 주고 활기를 불어넣는다. 다양한 사람들의 사는 이야기를 듣는 기회가 되기도 한다. 사람 사는 이야기는 언제 들어도 재미있고 매력적이다. 집에만 앉아 있다면 절대 들을 수 없는 이야기들이다. 강연을 위한 공부를 하면서 내가 자라나는 기쁨, 다양한 이야기 속에서 글감을 얻고 글을 쓰는 재미도 빼놓기 어렵다.

이런 즐거움을 스스로 차단해버렸다면 어쩔뻔했을까. 내가 살아온 궤적과는 전혀 다른 세계를 만나지 못했을 것이다. 만끽할 수 있는 인생의 기회와 즐거움을 모르고 지나갔으리라. 더 일찍 용기를 냈더라면 내가 모르는 나를 더 빨리 만났을 거라는 아쉬움은 있다. 그러나 지나간 아쉬움은 빨리 털어내는 게 상책이다. 꽤 늦기는 했지만, 지금이라도 나를 알게 된 걸 다행으로 생각한다. 무엇이든 해봐야 안다. 해봐야 길이 열린다. 그 길을 한번은 가봐야 나의 길인지 아닌지 알 수 있다. 해봐서 아니면 그때 돌아서도 된다. 나도 모르는 내가 내 안에 있을지도 모른다.

잃어버린
표정을 찾아서

거울을 보면 예외 없이 그 얼굴과 마주치곤 했다. 표정 없는 굳은 얼굴. 내 표정, 내 얼굴이다. 회사 화장실에서 양치질하다 잠깐 보는 거울. 거울 속엔 거의 똑같은 표정이 마주 보고 있었다. 해맑게 웃어본 게 언제일까. 기억이 별로 없었다.

해마다 연말쯤 제주도에 갔다. 휴가를 남겨두었다가 혼자 떠나곤 했다. 올레길을 걷고 낮잠을 자고 밤바다를 내다보는 게 일정의 전부였다. 한 해를 마무리하는 일종의 의식이었다. 피곤했던 한 해를 마치며 크게 숨 한번 몰아쉬자는 것이었지만, 실상은 현실을 피해서 숨어 버리기였다. 회사를 떠나면 얼어붙은 표정이 조금은 편안해지지 않을까, 그런 이상한 기대를 품고는 했다.

· · ·

퇴직 전 해 11월에도 배낭을 꾸려 제주도로 갔다. 더 바랄 게 없을 정도로 날씨가 좋았다. '저 하늘처럼 맑고 청명한 표정으로 살 수 있으면 얼마나 좋을까' 생각하며 올레길을 따라 걸었다. 점심을 먹으러 들어선 곳은 유명한 식당이었다. 좋은 날씨와 맛있는 음식은 축복이다. 음식을 주문받는 직원은 고객이 궁금할 만한 것들을 부드러운 억양으로 말해줬다. 정확한 발음에 군더더기 없는 안내의 말. 음식에 관해 알려주는 말을 듣고 있는데 느낌이 이상했다. 친절하고 예의 있는 안내였음에도 뭔가 모르게 기분이 좋지 않았다.

자리에 앉아 천천히 식당을 둘러봤다. 20~30대 손님이 가장 많았다. 커플이 많았고 친구나 가족 단위 손님도 꽤 있었다. 인기 좌석은 바다가 정면으로 보이는 발코니였다. 그 자리에 앉으려고 기다리는 줄이 있을 정도였다. 종업원은 모두 여섯 사람. 세 사람은 개방형 주방에서 음식을 조리하고, 다른 세 사람은 서빙을 했다. 바쁘게 움직이는 종업원들 얼굴을 무심하게 보다가 깨달음 아닌 깨달음이 왔다. '아~, 저거였구나.' 친절한 안내를 받으면서도 기분이 이상했던 이유를 알 수 있었다. 표정이었다. 종업원 여섯 사람 모두 무표정이었다. 딱딱하게 굳은 아예 감정이 없는 얼굴로 일하고 있었다. 서비스업이니 억지웃음이라도 지을 만한데 그렇지 않았다. 완벽한 무표정 그 자체였다. 말은 정해진 매뉴얼에 있을 내용을 입으로 줄줄 읊는 것이었고, 음식을 내올 때는 표정 없이 최소한의 업무에 필요한 만큼만 움직였다. 여섯 사람 모두 똑같은 표정이라는 게 신기하기까지 했다. 마치 쇳덩어리로 만든 로봇 얼굴 같은 느낌이었다. 어쩜 저럴 수 있을까 싶을 정도였다. 그 얼굴들을 보다가 현타*가 왔다. 내 얼굴이 저 얼굴이겠구나. 저게 바로 회사에서 일할 때 내 얼굴이구나.

· · ·

회사에서 일하다 가끔 자리에서 일어나 책상에 기대어

---

* 현실 자각 타임, 헛된 망상에 빠져있다가 자기가 처한 상황을 깨닫는다는 뜻.

사무실을 둘러보곤 했다. 종일 앉아 있다 보니 답답해서 조금 움직여 보려는 것이었다. 그때 보이는 얼굴들이 그랬다. 자기 앞에 있는 모니터만 들여다보고 있는 사람들. 딱딱하게 굳은 무표정의 얼굴들. 거의 전원이 그런 얼굴로 있는 걸 보노라면 가슴이 콱 막히는 것 같았다. 옆에 있던 누군가는 집단 우울증 아니겠냐고 했다. 그 말을 듣고 그렇게 말할 것까지야 있나 싶었다. 그런데 식당 종업원들의 완벽하게 무표정한 얼굴을 보니 그 말이 불쑥 떠올랐다. 그래 이건 또 다른 형태의 우울증이야. 문제는 사무실에서 그 얼굴들을 둘러보던 나도 똑같은 표정이었다는 것이다.

편안한 표정을 갖고 싶어서, 현실에서 탈출하듯 떠난 여행에서 그 딱딱하고 굳은 얼굴을 만날 줄이야. 저런 표정으로 매일을 살고 있다니 새삼 끔찍하다는 생각이 들었다. 저런 표정으로 살고 싶지 않았다. 웃고 싶었다. 조금이라도 웃고 싶었다. 웃지는 못한다 해도 부드러운 표정으로 살고 싶다는 욕망이 솟구쳤다. 나도 모르게 굳은 얼굴로 살아가는 공간에서 빠져나오고 싶었다.

제주도 식당에서 본 종업원들 표정이 사표를 내는 데 결정적인 계기가 된 건 아니다. 그러나 어느 정도 영향을 준 건 사실이다. 회사에서는 마음이 아플 때도 찡그리지 않았다. 놀랐을 때도 아닌 척했다. 기분이 상했을 때도 얼굴에 드러내지 않으려 했다. 싫다고 인상을 쓰는 것도 자제했다. 웃긴 일에 폭소를 터뜨리는 일도 없었다. 무언가 만족스러울 때도 뿌듯한 표정을 하지 않았다. 자연스럽게 표정을 잃어갔다. 시간이 지날수록 얼굴에는 하나의 표정만 남았다. 아무런 감정도 느낌도 없는 무표정. 그런 얼굴로 오랜 시간을 살았다. 누가 강요하지도 않았는데 왜 그런 표정으로 살았을까. 분명한 건 기분대로 느낌대로 표정을 드러내며 생활하는 게 쉽지 않았다는 거다.

무표정의 굳은 얼굴로 몇십 년을 살아왔다는 사실을 깨닫게 되니 끔찍하기까지 했다. 내 인생의 그렇게 많은 시간을 웃지 못하고 살아왔다니. 이제는 표정 있는 얼굴로 살고 싶었다. 꼭 웃는 표정이 아니어도 좋을 것이다. 마음이 아프면 찡그리고, 놀랐을 땐 화들짝하고, 마음 상할 땐 삐지고, 싫을 땐 인상 쓰고, 재미있으면 크게 웃고, 기분 좋으면 흐뭇해하고……. 얼굴에 마음을 드러내고 싶었다. 얼굴에 자유를 허락하고 싶었다.

퇴직 이후 내 얼굴은, 내 표정은 얼마나 많이 달라졌을까. 가끔 그런 질문을 해보곤 한다. 크게 달라진 것 같지는 않다. 그래도 찌푸린 얼굴이나 딱딱하게 굳은 무표정의 얼굴에서는 조금 멀어진 것 같다. 그것만으로도 일단은 만족한

다. 항상 웃는 표정을 갖는 게 최종 목표다. 마음에서 우러
나오는 웃음이면 가장 좋을 테다. 그게 안 되면 의도적으로
라도 웃는 표정으로 살고 싶다.

긴 세월 만들어 온 표정을 순식간에 바꾸는 건 불가능한
일이다. 살아온 시간의 더께를 걸레질 한 번으로 걷어낼 수
없기 때문이다. 내 얼굴을 덮은 무표정이라는 더께도 눈 녹
듯 사라지진 않을 것이다. 조금씩 조금씩 걷어내려 한다. 웃
는 표정이 어려우면 편안한 얼굴로 바꾸는 게 차순위 목표
다. 어떤 표정이라도 좋으니 다양한 표정의 얼굴로 살아가
려 한다. 조금씩 애쓰고 있다. 아침에 잠에서 깨면 누운 채
로 얼굴 마사지를 한다. 두껍고 보기 안 좋은 선이 자리 잡
은 미간과 눈 밑 주름 많은 부분을 부지런히 문지른다. 볼
전체를 위아래로 문지르며 굳은 얼굴이 풀어지기를 기대한
다. 조금이라도 더 웃어보려고 한다. 일부러 씩 웃어보기도
한다. 웃는 표정으로, 편안한 표정으로 나이 들고 싶다. 누
가 봐도 편안한 얼굴을 갖는 게 꿈 아닌 꿈이다. 부지런히
연습해야 한다. 내일은 모레는 더 나아지겠지.

다시 나로 돌아간다

요즘은 묻지 않지만 딸 아이는 가끔 이렇게 물어보곤 했다.

"아빠 다시 태어나면 뭘 하며 살고 싶어?"

처음에는 이렇게 답했다.

"어떤 걸로도 다시 태어나고 싶지 않아."
"아니 그런 거 말고, 다시 태어난다면 말야."

참 답하기 어려운 질문이었다. 이런저런 생각을 해보다 마음에 드는 걸 찾아냈다. 다음부터는 딱 하나로 답한다.

"글 쓰는 농부."

　그렇게 살아보고 싶다. 시골에서 농사지으며 밥을 구하고, 쓰고 싶은 글이 있으면 쓰고. 그렇게 농부로 작가로 한 인생을 살아보고 싶다. 도시에 사는 것보다는 복잡한 세상사에서 멀리 떨어질 수 있겠지. 내 땅에서 밥을 구할 수 있다면 마음 편하게 일하고 자연 옆에서 살아갈 수 있다면 좋겠지. 농사를 짓다 시상이 떠오르면 시 한 편 만들고 뭔가 쓰고 싶은 게 생각나면 글 한 꼭지 쓰고. 괜찮지 않은가.

　어렸을 적 농사짓던 집안 형편을 생각하면 꿈같은 일이라는 걸 모르지 않는다. 내 땅 경작한다고 무조건 속이 편하지도 않고 밥을 넉넉히 구하는 것도 마음대로 되지 않는 게 농사다. 그래서 싫어했던 농사인데 마흔이 넘으면서 이상하게 흙에 끌렸다. 흙을 만지고 싶었다. 주말농장을 십 년 넘게 했던 건 그런 마음을 따라갔던 나도 모를 몸짓이었다. 손바닥만큼 경작하는 것도 힘에 부쳐 결국은 접었지만 흙은 항상 친근한 느낌이 들었다. 친근한 느낌과 현실은 또 다른 일이라는 게 문제이기는 하지만.

　아, 이건 다음 생에서의 일이라는 걸 깜박했다. 어차피 꿈같은 일이니 꿈을 꾸는 것도 나쁘지는 않겠다. 누가 알겠

170

는가. 다음 생의 농업은 고소득 산업으로 탈바꿈할지. 지금 내 체력으로 농사는 꿈도 못 꿀 일이지만, 다음 생엔 혹시 힘센 사람으로 태어날지도 모를 일이다. 그렇다면 글 쓰는 농부가 좋겠다. 그런데 나도 궁금하다. 왜 글 쓰는 농부일까. 글 쓰는 사람이면 글 쓰는 사람이지 왜 농부가 따라오는 걸까. 농부면 농부지 왜 글 쓰는 농부일까.

농사짓는 걸 그다지 좋아하지 않는다. 힘은 힘대로 들고 소득은 별로 없는 일이 농사라는 걸 어려서부터 충분히 보았다. 글쓰기도 그렇다. 글쓰기는 에너지가 많이 들고 쉽게 지치는 일이다. 그에 비해 분명히 드러나는 이득은 적다. 글을 얼마나 잘 쓴다고, 글을 얼마나 좋아한다고 다음 생까지 끌고 들어간다는 말인가. 농부와 글쓰기를 왜 나는 마음에 담고 있는 걸까. 내가 찾아낸 답인데 왜 그런 답이 나왔는지 나도 선뜻 짐작이 가지 않는다.

. . .

살아온 시간을 가끔 되돌아보곤 했다. 어느 시간이든 활자가 가까이 있었다. 무언가를 읽는 시간이 많았다. 초등학교 때 학교에 있던 큰 도서관이 생각난다. 시골 학교였다는 걸 고려한다면 꽤 큰 규모였다. 6학년 때 기억이 조각조각 올라온다. 도서관을 자주 드나들었다. 책을 많이 빌려서 봤고 도서관에 있는 시간이 많았다. 친구가 보고 싶다는 책을 찾아준 기억이 있다. 구석에 꽂혀 있던 책이었는데 제목을 듣고 금세 찾아냈다. 도서관 구석구석을 잘 알고 있었던 것 같다. 고등학교 때는 세계고전이라고 불리는 책을 즐겨 봤다. 러시아, 유럽의 소설을 만났다. 자취할 때였는데 생활비를 아껴 책을 샀고 다 본 책은 서울 헌책방에 내다 팔았다. 자취방에 책이 자꾸 쌓였고 생활비로 책 샀다는 걸 숨겨야 했다. 당시 청계천에 헌책방이 즐비했는데 책을 가져가면 헐값만 주던 기억이 선명하다. 어떤 헌책방은 시골에서 올라왔다는 걸 알고 협박하기도 했다. 훔친 책 아니냐며 싼값으로 후려친 것이다. 대학교에 진학해서는 한국 소설을 주로 읽었다. 소설가가 되어보려고 심각하게 고민하기도 했지만 그냥 취업하기로 마음을 바꿨다. 어렵게 취업한 곳은 활자를 이용해서 제품을 만드는 곳이었다. 수십 년 활자를 읽으며 밥을 벌었다. 한동안 책과 멀어지는가 했는데 중년이 되면서 책 쓰기로 돌아왔다. 그 뒤엔 책 쓰기의 시간이 이어졌다.

활자와의 인연이 길다. 지금까지 끊어지지 않고 이어진

질긴 인연이다. 항상 활자 가까이서 살았다. 의도했던 것은 아니다. 일부러 가까이하려고 했던 적도 없다. 읽고 쓰는 것에 끌리는 마음을 따라갔다. 가정과 사회의 짐을 어느 정도 덜어놓는 시점이 왔을 때, 어떤 모습으로 늙어가면 좋을까 생각해봤다. 그 모습이 글 쓰는 농부였다. 아이가 다시 태어나면 뭘 하고 싶냐는 질문에 답했던 그 모습이다.

. . .

어느 인생이든 이번 생에 원했던 바를 모두 이루고 사는 사람은 드물다. 다음 생이라는, 절대 가보지 못할 시간을 한 번쯤 꿈꾸는 이유일 것이다. 그래서 나는 이번 생에 이루지 못할 것을 다음 생의 꿈으로 넘겼나 보다. 다음 생으로 넘겼던 꿈. 그 꿈을 이번 생으로 가져오려고 한다. 그냥 이번 생에 조금이라도 그 모습에 가까이 가보려고 한다. 나는 나로 다시 돌아간다. 아무것도 모르던 시절, 마음 끌리는 대로 무언가를 따라가던 그 시절 그 모습. 초등학교 때의 그 꼬마. 그게 본연의 내 모습 아닐까 싶다.

이번 생도 제대로 못 사는데 다음 생은 무슨 다음 생인가. 그냥 이번 생에 해보면 되는 거지. 농사일 도우며 책 읽는 꼬마. 힘들게 일하며 밥을 구하고 읽고 싶은 책에서 즐거움을 찾는 나이 든 꼬마. 그게 나의 마지막 모습이 되었으면 한다. 그래서 그쪽으로 발걸음을 옮긴다. 텃밭보다 조금 큰 농사를 짓고 책 읽고 글 쓰며 도서관 가까운 곳에서 살아보려 한다. 내 힘으로 감당할 정도의 농사를 지으며 몸을 쓰고, 책 읽고 글 쓰며 머리를 쓰는 삶.

그리고 어느 날 어린왕자처럼 떠나면 좋겠다. 불현듯 자기의 별로 떠난 어린왕자처럼. 그 모습이 내 인생의 마지막 모습이기를 바란다. 수구초심首丘初心이라는 말이 있다. 여우는 죽을 때 제가 살던 언덕으로 머리를 둔다는 뜻이다. 고향을 그리는 마음, 근본을 잊지 않는 마음을 일컫는다. 농사와 글이 나의 근본일까. 잘 모르겠다. 모르겠지만 친근하고 끌리는 건 사실이다. 그 끌림이 내가 원하는 것 아닐까 생각해본다. 그 끌림을 따라간다. 나는 다시 나로 돌아간다. 아무것도 모르기에 마음을 따라갔던 그 시절의 나로.

비뚤어질 거야

비뚤어지기로 했다. 굳게 결심했다. 그래, 비뚤게 살아보는 거야. 과감하게 실천에 나서자마자 문제가 생겼다. 비뚤어지는 거, 그거 어떻게 하는 거지? 그걸 잘 모르겠다. 인생 헛살았다. 이 나이 되도록 그런 것도 모르다니. 학교에서 가르치는 대로 열심히 공부했건만 정작 인생살이에 필요한 건 배우지 못했다. 대한민국 교육은 정말 문제가 많다. 한 번쯤 비뚤어지는 방법 정도는 가르쳐 줘야 하는 데 말이다.

성실, 근면, 절약. 이런 이야기를 많이 들으며 자랐다. 학교에서 항상 강조했다. 선생님들은 일관성이 어떤 것인지 일관성 있게 보여줬다. 초등학교에서 고등학교까지 선생님은 달라져도 하는 얘기는 모두 비슷했다. 판에 박힌 교육과정이었을까? 선생님들의 인생 지혜였을까? 지금도 궁금하다. 선생님들이 너나 가리지 않고 그렇게 말씀하시니 새겨들었다. 마음에 새겼으면 실천을 하는 게 자연스러운 순서다. 말 잘 듣는 학생이었으니까.

성실하게 살았다. 직장생활 하면서 꾀부리기나 요령 부리기를 멀리했다. 그래야 하는 줄 알았다. 업무 결과는 가장 좋은 품질을 만들어 내려고 했다. 뭔가 미진하면 거기서 그치지 않고 더 파고들었다. 최고의 성과를 내는 수준은 아닐지 몰라도 좋은 성과를 냈다. 월급이 많든 적든 밥값은 해야 한다는 생각으로 일했다. 아니 그 이상으로 일했다. 그렇게 일하는 게 맞는 것으로 생각했다.

근면하게 살았다. 어떤 일이 맡겨져도 묵묵히 해냈다. 남들보다 더 많은 업무를 하는 상황이 돼도 그러려니 했다. 몸이 힘들어 지칠 때도 겉으로 티 내지 않았다. 때로는 화가 나기도 했지만, 꾹꾹 눌러가며 참았다. 서로 안 하려는 걸 맡아서 하기도 했다. 그럴 수도 있는 거였다. 부서에서 최고령 나이가 되어서도 부지런히 움직이고 열심히 일했다.

절약하며 살았다. 맛있는 음식 보기를 돌같이 했다. 대학교 때 입던 옷을 마흔이 넘어서도 입고 다녔다. 친구가 옛

상표를 알아보고 입을 쩍 벌렸다. 나중에 또 보면 입이 찢어질까 걱정돼서 버렸다. 나이 들며 중형차라도 타볼까 싶었는데 타고 다니는 소형차가 도대체 망가질 기미조차 보이지 않았다. 차를 너무 잘 만들어서 여전히 소형차를 탄다. 내가 아직 소형차를 타는 건 우리나라 기술력 탓이다.

긴 시간을 그렇게 살아온 뒤에 이런 결론에 도달했다. 왜 그렇게 살았을까. 일만 많아지고, 피곤하고, 쓸데없는 책임감에 짓눌렸다. 회사, 집, 화장실만 돌고 돌았다. 작은 일탈도 없었다. 재미있었다고 말하긴 어려운 생활이었다. 성실하게 근면하게 절약하며 살아야 한다는 선생님들의 가르침을 가끔 의심하기는 했다. 퇴직하고 나서야 알았다. 가끔이 아니라, 자주, 많이, 일찍부터 의심했어야 했다.

이게 다 잘못된 교육 때문이다. 어릴 때 달달 외우던 국민교육헌장에는 성실, 능률, 책임, 근면, 이런 단어들이 줄줄이 나온다. 국민교육헌장의 마지막 문장처럼 슬기를 모아 줄기차게 노력하면 새역사가 창조되는 줄 알았다. 새역사는 고사하고 고난의 역사가 될 뻔했다. 역시, 시키는 대로 살면 안 된다. 늦었지만 알게 됐으니 그나마 다행이다. 억울하다. 억울하니 비뚤어지자. 최고의 반항은 예나 지금이나 시키는 것과 반대로 가는 거다. 비뚤어지는 거다.

결론이 나왔으면 실천이다. 성실, 근면, 절약을 가르친 선생님들을 원망하며 비뚤게 살기로 했다. 일단 게으르게 늦잠을 자기로 했다. 새벽같이 일어나던 버릇을 확 뜯어고치는 거다. 평생 모자랐던 나의 잠을 보상하리라. 알람을 꺼버렸다. 허리가 아플 때까지, 얼굴이 붓도록 자야지. 결기 있게 실행에 나섰지만 출근할 때와 똑같은 시간에 잠을 깼다. 알람을 꺼놓아도, 저녁에 술을 마시고 자도 똑같다. 눈이 알아서 떠진다. 실패다.

아무것도 안 하고 놀기로 했다. 놀다 놀다 지쳐서 지겨워질 때까지 놀기로 했다. 며칠 놀았더니 뭔가 이상했다. 정신이 멍해졌다. 아침에 일어나면 어디론가 막 가고 싶다. 정신없이 내달리는 출근 인파 속에 묻히고 싶어졌다. 그런 마음을 그러잡고 뒷산으로 갔다. 한적한 논둑길을 걸으며 운동하고 집에 와서 TV를 봤다. 밥 먹고 소파에 앉으니 정신없이 졸음이 쏟아졌다. 대낮인데 정신없이 잤다. 자고 일어나니 기분이 영 좋지 않다. 이래도 되는 걸까. 아무도 없는데 눈치가 보인다. 아무것도 안 하고 노는 것도 마음대로 되지 않는다.

에라 모르겠다. 돈이나 쓰자. 여태껏 절약하며 살았으니 팍팍 써보자. 티셔츠를 샀다. 몇 달째 벼르던 티셔츠다. 바지도 하나 샀다. 유행 지난 바지는 버리고 트렌드에 맞게 입기로 했다. 트레킹화도 하나 샀다. 신발 하나 산다고 어떻게 되지는 않겠지. 마음껏 돈을 쓴 것 같았다. 영수증을 모아 보니 총 14만 원이었다. 모두 이월상품이었고 특별할인이 되지 않는 건 쳐다도 안 본 결과였다. 기껏 고른 게 그랬다. 평생 몸에 배어있는 습관의 힘은 이길 수가 없다. 비뚤어지는 게 이렇게 어려운 줄 몰랐다.

성실 근면 절약하며 살아온 게 억울해서 복수한다고 나섰는데, 결국은 모두 실패했다. 이번엔 실패했지만 이대로 그냥 물러서지 않겠다. 다시 도전한다. 남은 인생은 아주 비뚤게 살 거다. 성실하지 않고 게으르게, 근면하게 살지 않고 놀면서, 절약은 그만하고 돈 쓰면서. 다르게 살아갈 내 모습이 기대된다. 꼭 성공해야지. 비뚤어질 거다. 나는 비뚤어지는 중이다. 이제야 인생이 제자리로 돌아가는 것 같다. 그런데 여전히 잘 모르겠다. 비뚤어지는 거, 어떻게 하는 건지.

내 손으로 차리는 밥상

아내가 반찬을 덜 한다. 상 위에는 밥, 김치, 조미 김, 상추가 전부다. 아니 쌈장도 있고 장아찌도 있다. 그것도 반찬이라면.

"귀찮아, 반찬 만들기가 싫어."

아내가 언젠가 그런 말을 했던 기억이 난다. 조심스럽게 아내에게 말했다. 당신 이렇게 먹어서 영양상태가 괜찮을까? 나는 워낙 아무거나 잘 먹으니까 상관없는데⋯⋯. 괜찮단다. 그렇다. 따뜻하고 국물 시원한 국에 서너 종류 나물 그리고 무언가 메인 요리가 있던 밥상이 그립다. 분명 그런 때가 있었다. 그것도 얼마 전에.

분연히 들고 일어났다. 내가 해 먹으마. 그 오랜 시간 당신이 밥상을 차렸으니 이젠 내가 차리겠다. 그런 생각으로 분연히 들고 일어났다가, 슬그머니 주저앉았다. 오늘 점심엔 뭘 먹지? 오전에 운동 갔다가 집으로 오는 길에 이런 생각이 들면 막막했다. 갑자기 눈앞이 캄캄해지고 하늘이 무너질 것 같았다. 날이면 날마다, 끼니마다 무언가를 만들어 먹어야 한다는 건 엄청난 스트레스였다. 퇴직하면 많은 남자가 삼식이가 된다. 집에 있으면서 세 끼를 모두 받아먹는 사람이 삼식이다. 모든 아내의 원수다. 이식이는 하루에 두 끼, 일식이는 한 끼를 먹는다. 영식이는 한 끼도 안 먹고 밖에서 해결하는 남편이다. 영식이는 사랑받는다.

사랑은 받지 못해도 원수는 되지 않겠다고 마음먹었다. 아내에게 말했다. 아침과 점심은 내가 알아서 해결할 테니 신경 쓰지 말라고. 아침은 예전부터 빵이나 밥 몇 숟가락만 먹었다. 스스로 해결하기에 어려울 게 없다. 점심은 먹고 싶은 메인요리 한 가지를 하고 밑반찬은 대충 먹으면 충분하다. 이십 년 가까이 자취를 해봤으니 그 정도야 얼마든지 할 수 있다. 내 밥은 내가 해결하자. 그래, 소식하고 간단히 먹지 뭐. 그게 건강에도 좋다고 하잖아. 현실에 적응하기로 했다.

. . .

퇴직 몇 달 뒤, CEO와 오찬이 있다는 연락이 회사에서 왔다. 퇴직자들과 점심을 하는 의례적인 행사다. 공식적인 마지막 자리다. 장소는 한정식집이었다. 단맛이 살짝 도는 가리비는 맛이 좋았다. 낙지볶음은 예상 가능한 맛이지만 입맛을 돋웠고 수육은 부드럽고 담백해서 자꾸 젓가락을 끌어당겼다. 여섯 종류의 나물 반찬이 차려졌고 잡곡밥과 된장찌개 한 공기가 자리마다 놓였다. 음식이 모두 좋았다. 오랜만에 밥상 같은 상을 받은 기분이었다. 이제 이런 밥상을 받을 일은 없겠구나. 밥을 먹으면서 그런 생각이 들었다. 호텔에서 값비싼 스테이크나 회를 먹은 적도 있고 고급스러운 식당에서 저녁을 한 적도 있다. 직장생활 하면서 필요 때문에 간 자리이기도 하고 어쩌다 대접을 받는 날도 있었다. 내 돈을 내지 않아도 되고 음식의 질이 좋다는 게 그런 자리의 특징이다. 그런 음식에는 보이지 않는 양념이 잘 버무려져 있다. 언젠가의 필요 또는 대가라는 계산된 양념.

직장을 떠났으니 남의 돈으로 밥 먹을 일은 이제 없다. 넓은 세상 어디를 둘러본들 백수에게 밥 사겠다는 사람이 있을 리 없다. 아쉽다는 게 아니다. 그렇다는 거다. 그립지도 않다. 언제 어떤 자리였든 남의 돈으로 먹는 밥은 편하지 않았던 기억만 있다. 그립기는커녕 시원하다.

이젠 내 손으로 밥상을 차린다. 그 밥상은 단출하다. 밥상은 심플하고 그 밥을 대하는 마음도 심플하다. 내가 먹을 밥이니 내가 차린다. 감사하게 먹자는 마음으로 식탁에 앉는다. 어설프게 볶은 돼지고기가 그 밥상에 오르기도 하고 인스턴트 떡갈비가 자리를 차지하기도 한다. 씻기만 하면 먹을 수 있는 상추는 봄 여름 가을 단골손님이다. 계란 프라이도 자주 모습을 보인다. 스팸과 계란지단을 활용해서 국적 불명의 메뉴를 만들 때도 있다. 대충 끓여 먹는 김치찌개, 어쩌다 만들어보는 돼지 앞다릿살 육전도 제법 먹을 만하다.

나름대로는 이것저것 해보겠다고 애써보지만, 무얼 만들어도 어렵다. 몇 번의 손동작으로 몇 분 만에 후다닥 만들어지는 요리는 단 하나도 없다. 김치를 통에서 꺼내 접시에 담는 것조차 휘리릭 되는 게 아니다. 김치를 꺼내 썰어야 하고 보기 좋게 접시로 옮겨야 한다. 김치를 썰고 난 도마

와 칼도 깨끗이 씻어야 한다. 식탁 위 김치 한 접시에도 꽤 복잡한 노동과 절차가 있다. 한 끼의 밥상을 차린다는 것, 식구들의 밥상을 책임진다는 것의 고단함이 어떤 것인지 몸으로 느끼는 중이다. 나만을 위한 단출한 식탁 차리기에도 헉헉대다가, 부엌에서 힘겹게 맴돌았을 아내의 긴 시간을 생각한다. 날마다 신경을 파고들었을 스트레스를 생각한다. 직장생활이 밥상 차리기보다 쉬운 건 아니었을까, 뒤늦게 그런 생각이 든다. 가진 게 많고 적음에 관계없이 돈 버는 일을 그만하고 싶은 마음이 들 때가 있다. 직장생활이 지겹고 지치고 몸이 거부할 때가 그렇다. 아내도 마찬가지 아니었을까. 먹을 게 있고 없음에 관계없이 밥상 차리는 일을 그만하고 싶었을 것 같다. 밥상이라는 길고 긴 무한노동의 반복. 왜 지겹지 않겠는가. 밥을 버는 것만큼이나 밥 차리기도 어렵다.

낮 열두 시 안팎이 되면 쟁반에 몇 가지 음식을 담아 식탁에 앉는다. 쟁반에 담아 먹으면 식탁을 닦지 않아도 돼서 편하다. 설거지 그릇도 줄어든다. 백수생활에 충실해지니 꼼수만 늘어난다. 내 손으로 차린 밥상은 먹을 게 별로 없다. 그래도 마음은 편하다. 편한 마음이 최고의 반찬이다. 햇빛이 잘 드는 베란다 밖을 내다보거나 유튜브를 틀어놓고 밥을 먹는다. 내 손으로 차린 밥상 위에 어떤 음식이 있더라도 만족한다. 아니 만족하려고 한다. 마음 불편한 대가로 좋은 음식을 먹는 것보다 훨씬 낫다.

다행인지 불행인지 먹는데 큰 욕심이 없다. 한 끼 배부르게 먹으면 만족한다. 맛있게 먹으면 더 좋고 맛이 별로여도 기분 나빠하지 않는다. 이젠 내 손으로 내 밥상을 꾸린다. 스스로 살아가는 능력을 키우는 중이다. 이것도 나에게로 돌아오는 하나의 방법이다. 홀로 온전하게 설 수 있는 내가 되어가는 증표다. 내 손으로 나를 먹인다. 내가 나에게 밥을 준다. 내가 고맙다.

편안하고 맛있는 혼밥

　가족들과 이른 점심을 먹으려고 집 근처 정육식당에 갔다. 평일이었는데도 사람이 가득해서 간신히 자리를 잡고 갈비탕을 시켰다. 고기가 주종목인 집인데 값싸게 팔고 있는 갈비탕도 인기가 많다. 갈비탕을 한창 먹고 있는데 바로 옆자리에 한 남자가 앉았다. 중년 나이에 인상이 좋아 보이는 얼굴이었다. 앉자마자 남자는 고기를 시켰다. 누가 또 오려나 보다 생각했는데 한참이 지나도 혼자다. 종업원이 고기를 가져오자 남자는 천천히 숯불 위에 얹었다. 차분하게 고기 익는 모습을 지켜본다. 아, 혼고기. 혼밥의 최고봉이라는 혼고기를 바로 옆에서 지켜보는 귀한 기회를 얻은 거다. 남자는 평화로운 얼굴로 고기를 먹었다. 만족감이 가득한 표정으로 천천히 고기를 굽는다. 그 모습을 보고 있노라니 감탄이 절로 났다. 이렇게 혼잡한 식당에서 여유롭게 고기를 굽는 저 멋짐이라니. 혼밥의 절정 고수를 그렇게 친견했다.

나도 자주 혼밥을 한다. 주로 강연이 끝난 뒤, 도서관에 갔을 때, 집에 혼자 있을 때 혼밥을 한다. 강연이 있을 때는 어느 지역이냐에 따라 메뉴가 달라진다. 맛으로 유명한 지역에서는 고민이 없다. 이것저것 골라 먹기도 바쁘다. 순천이 그런 곳인데 어느 집 어느 메뉴를 먹어도 수준 이상이다. 먹을 게 많아서 어떤 걸 먹어야 할지 즐거운 고민을 한다. 서울 같은 대도시에서는 혼자 먹기 좋은 곳을 고른다. 사람 몰리는 시간에 혼자 테이블을 차지하면 아무래도 눈치가 보인다. 눈치 보지 않으려면 혼밥 자리가 별도로 있는 곳이 가장 좋다. 메뉴는 주로 탕 종류를 많이 고른다. 혼자 먹기 편하고 포만감을 준다.

도서관에 가서 글 쓰고 책 볼 때는 간단하게 혼밥을 한다. 가끔은 도시락도 만들어서 간다. 도시락 주요 메뉴는 유부초밥, 무스비, 샌드위치다. 특별한 재료가 없어도 되고 만드는 데 시간이 오래 걸리지 않는다. 요리에 재능이 없어도 만들기 쉽고 먹기 편한 것도 장점이다. 공원 벤치에 앉아 하나씩 꺼내 먹으면 나들이라도 온 기분이다. 중년 남자가 공원에서 혼밥하기에 어색하지 않은 메뉴라는 것도 좋은 점이다. 패스트푸드를 즐기지는 않지만 햄버거를 먹기도 한다. 혼밥하기에는 그만한 음식도 드물다. 먹기도 편하고 포장해서 들고 오기도 좋다. 매장에서 혼자 햄버거를 먹는 사람이 워낙 많아서 혼밥 초보자라면 입문 과정으로 적당하다. 포장해서 공원에 앉아 먹어도 그럴듯하다. 맑은 햇살을 즐기며 천천히 먹는 햄버거는 패스트푸드가 아니다. 맛과 분위기가 바뀌면서 슬로푸드가 된다.

혼밥이 대세가 된 지 오래다. 나이 불문, 성별 불문이다. 어느 지역 어느 식당에 가도 혼밥하는 사람을 쉽게 본다. 누구도 꺼리지 않고 누구도 이상하게 보지 않는다. 혼밥이 대세가 된 사회적 분위기가 고맙다. 나처럼 내성적이고 수줍음 많은 사람도 당당하게 혼밥을 하는 게 쉬워졌으니 말이다. 혼자 밥 먹는 게 이상한 일은 아니다. 그런데도 오랫동안 사회적 핍박(?)을 받았다. 남의 눈치를 보게 만들었다. 친구가 없거나, 사회성 부족한 사람으로 보이지 않을까 걱정이 앞서게 했다. 처량하게 보일까 봐, 남들이 쳐다보는 것 같아 혼밥을 못하기도 한다. 그냥 이렇게 생각하면 된다. '내가 혼자 먹거나 말거나 아무도 관심 없다. 자기 살기 바쁜 세상에 누가 혼밥을 하든 말든 눈에 들어오지도 않는다.' 이게 진실이다. 편하게 맛있게 혼밥을 하면 된다. 밥은 그냥 밥일 뿐이고 밥때가 돼서 혼자이기에 혼자 먹을 뿐이다. 그게 무슨 대수인가.

퇴직했다면 혼밥 기능을 장착하는 건 필수 요건이다. 퇴직하면 사람들과의 관계도 옅어진다. 업무적으로 사회적으로 내어줄 게 없기에 연락도 뚝 끊긴다. 자연스럽게 같이 밥 먹자는 사람도 줄어든다. 퇴직 직후에는 그래도 가끔 밥 약속이 있지만 시간이 지날수록 그 횟수는 자꾸 적어진다. 결국 혼밥이 일상이 된다. 그런데도 같이 밥 먹을 사람을 찾아다니면 자칫 안쓰러운 사람이 될 수도 있다. 그냥 혼밥을 받아들여야 한다. 몸의 한 부분처럼 장착해야 한다. 다행스럽게도 혼밥이 트렌드가 됐다. 얼마나 고마운가. 먹고 싶은 게 있다면 아무렇지도 않은 듯 혼자 가서 먹으면 된다. 혼밥을 보는 사람도 아무렇지도 않게 본다. 혼밥을 쑥스러워하는 건 퇴직자의 자세가 아니다.

자주 혼밥을 하다 보니 좋은 점이 한둘이 아니라는 걸 알게 됐다. 무엇보다 혼밥은 자유다. 메뉴 정할 때 아무런 고려사항이 없다. 내가 먹고 싶은 걸 내 맘대로 고르면 된다. 직장에서는 밥 한 끼 먹는 것도 내 맘대로 안 된다. 이 사람

저 사람 의견을 듣고 절충해야 한다. 입맛 까다로운 상사라도 있으면 먹기 싫은 것도 억지로 먹어야 한다. 혼밥은 내 입맛 따라 그날 기분 따라 자유롭게 선택할 수 있다. 직장 다닐 때 퇴근하면서 술자리에 낀 적이 있었다. 거의 끌려간 술자리였다. 술 먹는 시간이 길어지면서 배가 고파 왔다. 혼자 공깃밥 하나를 시켰다. 허기가 심해서 뭐라도 먹어야 할 것 같았다. 밥을 한 숟갈 뜨는데 큰 소리가 날아왔다. 술 마시는데 분위기 깨지게 무슨 밥이냐고. 한 숟가락도 먹지 못하고 밥을 덮었다. 혼밥은 그런 기가 막힌 상황이 일어나지 않는다. 밥을 먹고 싶으면 밥을, 술을 먹고 싶으면 술을 먹으면 된다. 마음 불편한 일이 생기지 않는다.

혼밥은 평화다. 회사 구내식당에서 밥 먹을 때, 불편한 상황을 자주 만났다. 함께 자리하기 싫은 사람과도 같이 앉아 먹어야 했다. 밥 먹는 속도도 맞춰야 한다. 복도에서 어쩌다 마주쳐도 고개를 돌리는 사이에 같은 자리에서 밥 먹기라니. 어떤 음식을 먹어도 맛이 없다. 여럿이 밥을 먹다 보면 빨리 먹는 사람에게 속도를 맞추는 것도 고충이었다. 나처럼 밥을 늦게 먹는 사람은 숨이 찰 지경이다. 같은 시간에 일어나느라 양껏 먹지 못하기도 하고 음식을 씹으면서 자리에서 일어나기도 했다.

혼밥은 그럴 일이 없다. 느긋하게 먹는다. 음식을 서른 번 정도 씹어야 좋다는데 그 정도는 일도 아니다. 천천히 쉰 번도 씹는다. 보기 싫은 사람도 없고 빨리 먹으라는 사람도 없다. 공원에서 혼밥을 해도 즐겁다. 밝은 햇살을 온몸으로 받아들이며 평일의 한적함, 나무 가득한 풍경을 즐긴다. 뭘 먹어도 맛이 좋다. 혼밥은 진정한 평화다.

혼밥은 삶의 기쁨을 제대로 누릴 수 있게 해준다. 밥을 먹는 행위만으로 삶을 충만하게 만들어 준다. 어차피 혼밥을 해야 한다면 즐겁게 맛있게 먹자. 혼밥은 퇴직자의 운명이다. 기쁘고 맛있는 운명이다.

인디로 산다

인디를 좋아한다. 독창적인 음률을 선보이는 인디 음악, 자기 목소리를 맘껏 펼쳐내는 인디 영화를 좋아한다. 독립적으로, 작게, 스스로, 하고 싶은 무언가를 한다는 그 의미가 좋다. 이렇게 말하면 인디 음악이나·인디 영화를 꽤 아는 것 같지만 그렇지는 않다. 그냥 인디라는 말, 그 느낌을 좋아한다. 간섭받지 않고, 소박하게, 탁월한 창의성으로, 자기의 길을 꿋꿋하게 가는 그 모습이 좋다.

나도 인디로 산다. 가수나 감독이 아니다. 인디라이프다. 삶이 인디다. 회사라는 조직을 떠나고 나이 들며 살아가는 방법으로 인디를 떠올렸다. 인디라이프. 마음에 든다. 폼도 조금은 나는 것 같다. 인디는 독립적으로 산다. 작은 것을 사랑하고 작게 산다. 자율적으로 판단하고 행동한다. 홀로 무엇이든 해낸다. 이런 인디의 생존 방식이 내 삶의 방식이다. 인디의 길이 매끈하고 탄탄한 아스팔트 길이라고는 생각하지 않는다. 울퉁불퉁 비포장도로일 테고, 가다 보면 중간에 길이 끊기기도 할 것이다. 그래도 인디로 산다. 인디가 좋다.

인생 독립하기

인생 독립을 외치고 모든 행정 절차를 마치고 나니 3·1절이었다. 공교롭게도 그날부터 출근이라는 행위를 멈췄다. 인생의 독립운동을 시작한 날이다. 나라 독립만큼이나 개인의 독립도 어렵다. 출근하지 않는 것도, 집에서 종일 머무는 것도, 소득이 사라지는 것도, 지금껏 경험해보지 못한 상황이다. 생활의 틀을 모두 새롭게 짜고 나만의 방법을 찾아야 한다. 둘러싸고 있던 모든 것들이 독립모드로 순식간에 바뀌었다. 두려움과 기대가 함께 하지만, 기대보다는 두려움이 앞선다.

누군가를 만나면 건네던 명함 속 신분이 사라졌다. 평생처음으로 완전한 무소속이 됐다. '어느 회사의 누구'가 아닌, 진정한 자연인의 신분을 획득했다. 이제부터는 내 이름만으로 살아간다. 내가 만든 나의 직업, 나의 직위가 나다. 벌거숭이가 되어 나의 길을 간다. 괜찮은 일, 아니 멋진 일이다. 소득도 독립이다. 이제 세상에서 그 누구도 나에게 돈을 주지 않는다. 정해진 날짜에 매달 빼먹지 않고 주는 일은 더더욱 없다. 멍하니 앉아있거나 자리에서 잠을 자거나 점심시간에 술을 먹어도 지급되던 꿀 같은 월급은 더 이상 없다. 내가 가진 노동력을 내어주거나, 서비스를 제공하거나, 지식을 전해주어야만 돈을 받을 수 있다. 가장 어렵고 가장 걱정스러운 지점이다. 아무튼 승부는 시작됐다. 내 인생의 진정한 승부다.

작게 더 작게

퇴직하면서 달라진 건 크게 두 가지다. 고정 소득이 없어졌다는 것과 어느새 시니어라고 불리는 나이가 됐다는 것. 고정 소득이라는 샘물이 끊어졌다는 건 내가 가진 양동이의 물을 퍼내서 사용해야 한다는 말이다. 양동이 크기는 뻔하니 퍼내는 물의 양을 조절할 수밖에 없다. 지출을 줄이고 최대한 아끼며 생활한다. 작은 삶을 지향해야 하는 이유다.

월급을 받을 때라고 대단히 큰 걸 원하면서 살지는 않았지만, 이제는 아예 생각조차 하기 힘들어졌다는 의미다.

다행인 건 나이가 제법 들었다는 사실이다. 나이가 들면 큰 것에 대한 욕심이 적어진다. 작은 것의 소중함을 체험적으로 알게 된다. 나이 듦의 선물이다. 나이 들어 큰돈을 원하는 사람은 드물다. 큰돈이 그냥 오는 게 아님을 알기 때문이다. 생활을 원활하게 유지하는 돈만 벌 수 있어도 감사하게 생각한다. 생활 속의 기쁨을 큰 것에서 찾지도 않는다. 하루하루 별일 없이 지내고 잠깐씩 웃을 수 있으면 그걸로 만족할 줄 안다. 아주 드물게 생기는 큰 기쁨보다 작은 웃음이 더 많을 때 생활이 풍요로워진다는 걸 삶에서 배웠기 때문이다. 내가 추구해야 할 것은 큰 게 아니라 작은 것이다. 작은 소득으로 한 달을 살아가는 데 도움이 된다면 그걸로 만족한다. 좋아하는 일이라면 아무리 작은 일거리도 고맙게 생각한다. 하고 싶은 일을 할 수 있다는 것만으로도 좋다. 그렇게 번 얼마 되지 않는 돈으로 가족과 함께 편안한 저녁밥을 먹을 수 있다면 훌륭하다. 비싸지 않은 커피를 사서 공원에 잠시 앉아있을 수 있다면 그걸로 좋다. 작아지고 작아질 생각이다. 젊어서는 무언가 큰 것을 꿈꾸기도 했지만 이제는 안다. 크고 대단해 보이는 그 무언가가 삶의 기쁨을 크게 만들지 않는다는 것을. 작은 것으로 도 삶은 충분히 아름다워질 수 있다.

스스로 자율주행

스스로 알아서 하라는 말처럼 무서운 말이 또 있을까. 스스로라는 말은 무한대의 자유만 뜻하지 않는다. 그 이상의 무거운 책임이 속에 숨어있다. 식당에 가면 종종 '물은 셀프'라고 써 붙인 걸 본다. 스스로 알아서 하라는 말이다. 누가 가져다주지 않는다. 내가 움직여야 목을 축일 수 있다. 누구도 도와주지 않고 간섭하지 않는다. 인디가 그렇다. 직장 다닐 때는 모든 생활 사이클이 업무 일정표에 따라 정해진다. 밥 먹는 시간도 쉬는 시간도 화장실 가는 시간도 업무 흐름에 맞춰야 한다. 인디는 삶이 셀프다. 정해진 틀이 없다. 스스로 삶을 꾸려나가야 한다. 내 인생의 운전대가 온전히 나에게 주어진 셈이다. 고속도로에 올라 질주 할 수도 있고 국도를 따라 여유 있게 갈 수도 있다. 음주운전을 하는 것도 난폭운전을 하는 것도 양보운전을 하는 것도 선택할 나름이다. 내가 선택하는 운전방식이 내 인생이 된다.

타율에 끌려다니던 인생을 자율로 끌어간다는 건 자유를

말한다. 긴 세월을 지나와서야 간신히 자유로움 앞에 섰다. 이제는 내 인생을 내가 끌어간다. 자유라는 말속에 숨겨진 무한대의 책임을 끌어안는다. 스스로 판단하고 행동한다. 진작에 그랬어야 했다. 어디에 기대지 않는다. 기댈 곳도 없다. 내 발로 내 길을 간다.

우도 ^{전략}

지잉 지잉~. 손목 위 스마트워치가 울었다. 문자 메시지
알림이다. 제주에서 올레길을 걷는 중이었다. 조천에서 김
녕까지 이어지는 19코스의 중간을 잘라 역방향으로 걷고
있었다. 옥색 바다 색깔이 보기 좋아 길옆에 주저앉았다.
파도가 밀려오는 바다를 한참 지켜보다 스마트폰을 꺼냈
다. 잠금화면 위로 문자 메시지 일부가 보였다. 친구 이름
과 부고라는 글자가 보였다. '아, 부모님이 돌아가셨나 보
네.' 아니었다. 잠금을 해제하고 보니, 부고라는 글자 다음
에 친구 이름이 따라왔다. 친구 이름 앞에 고故라는 한자가
붙어있었다. 본인의 전화번호로 온 부고였다. 실감이 나지
않았다. 손으로 허공을 쥐는 느낌이었다. 떠나는 시간이 정

해져 있는 건 아니라지만, 아직은 아닌 것 같은데…….

나에겐 시간이 얼마나 주어졌을까. 아버지는 예순둘에 돌아가셨다. 젊어서부터 궁금했다. 나는 그 나이를 넘길 수 있을까. 생활환경이나 먹는 음식이 그때와 다르고, 무엇보다 의학이 크게 발전했다는 걸 알면서도 의문이 떠나지 않았다. 후배와 이야기하다 보니 비슷한 생각이라는 걸 알았다. 후배 아버지는 마흔 중반에 교통사고로 돌아가셨다고 했다. 사고였는데도 자기가 그 나이를 살 수 있을까 하는 생각이 문득 든다고 했다. 어떤 선배는 하루도 빼먹지 않고 새벽에 운동장을 뛰었다. 몸 관리가 지나친 것 아니냐고 했더니 그냥 씩 웃었다. 나중에 그 이유를 들었다. 아버지가 쉰 후반에 병으로 돌아가셨는데 자기도 그럴까 봐 두려웠단다. 주어진 시간이라는 압박을 누구나 느끼고 있는 모양이었다. 아버지의 시간을 넘지 못한다면, 나에게 주어진 시간은 계산할 것도 없을 만큼 짧았다.

· · ·

나는 내가 생존하는 시간을 '주어진다'고 표현한다. '주어지다'는 피동사다. 자기 뜻대로 움직이는 게 아니라 다른 힘으로 움직여진다는 의미다. 사전을 찾아보면 영어 번역투 문장이고 사용을 자제하라고 한다. 그래도 삶의 시간을 말할 때는 주어진다고 표현한다. 인생은 내가 끌고 가지만 살 수 있는 시간은 내 마음대로 되지 않는 것 같다. 주어지는 느낌이 더 강하다.

통계청 조사에 의하면 한국인 기대수명은 83.6세(2021년 기준)다. 남자는 평균에서 3년 적은 80.6세, 여자는 3년 많은 86.6세다. 지금 나이가 60이라면 주어진 시간은 20년이다. 긴 시간이라고 하기 어렵다. 살아온 시간의 속도를 생각하면 체감은 20년보다 훨씬 짧을지도 모른다. 기대수명은 그때까지 살아있다는 의미인데, 살아있다고 해도 그 모습은 천차만별이다. 같은 나이에도 누군가는 걸어 다니고 누군가는 누워서 숨만 쉰다. 그래서 건강수명에 더 눈길이 간다. 통계로 봤을 때 한국인은 평균 17.2년을 병으로 고생한다. 기대수명에서 투병 기간을 빼면 건강수명이 나온다. 66.3년(2020년 기준)이다. 건강에 큰 문제 없이 사는 시간이 66년이라는 말이다. 물론 평균의 함정은 있다. 백 세가 넘도록 건강하게 사는 사람도 분명히 있고 기대수명보다 훨씬 일찍 떠나는 사람도 있다. 문제는 내가 어느쪽일지 나 자신도 모른다는 것이다.

평균에 기대어 계산해보면 내가 건강하게 활동할 수 있는 시간이 나온다. 기대수명을 계산했을 때 20년이었던 시간은 갑자기 6년으로 줄어든다. 6년. 흐드러지게 핀 벚꽃을 여섯 번 보면 끝이다. 내 발로 걸어서, 내 눈으로 선명하게, 기쁜 마음으로 벚꽃을 볼 수 있는 게 여섯 번뿐이라니. 아무리 평균치라지만 믿기 힘들고 믿고 싶지 않은 결과다.

그래서 나는 나의 결정을 지지한다. 직장이나 돈이 아니라 시간을 더 갈망했던 나의 결정을 지지한다. 글쓰기 모임 회원들과 제주도 여행을 간 적이 있다. 여행 마지막 날에 의견이 갈렸다. 성산일출봉, 우도, 월정리해수욕장을 가보는 것에는 의견이 일치했는데 어디를 먼저 갈 것인지는 서로 달랐다. 시간이 문제였다. 비행기 타는 시간을 계산해보니 한 곳에서 너무 지체하면 다른 곳에 갈 시간이 부족했다. 우선순위를 정하기로 했다. 가장 가고 싶은 곳을 가장 먼저 가기로 했다. 첫 번째가 우도였다. 먼저 우도를 보고 성산일출봉을 들러 월정리로 가는 계획을 세웠다. 막상 우도에 가보니 생각했던 것과 아주 달랐다. 볼거리가 가득했고 머물며 즐기고 싶은 곳도 많았다. 결국 우도 한 곳만 보고 다른 곳은 포기했다.

여행이 끝나고 모임에서는 '우도 전략'이라는 용어가 생졌다. 무엇을 먼저 하는 게 좋을까 고민될 때 우선순위를 정하는 기준이 됐다. 꼭 하고 싶은 것을 가장 먼저 한다. 하면 좋지만 안 해도 괜찮은 것은 후순위로 놓는다. 그리고 꼭 하고 싶은 것에 충분한 시간을 투여한다. 그래도 시간이 여유 있으면 그때 다른 쪽으로 발길을 옮긴다.

· · ·

나에게도 그런 날이 올 것이다. 내 전화번호로 내 부고를 보내는 날. 그날이 언제일지는 모르겠다. 그 전에 건강수명이 다하는 날이 닥칠 테고, 이어서 주어진 시간이 모두 소진되는 날도 올 것이다. 그날이 올 때까지 '우도 전략'을 따라서 간다. 가장 하고 싶은 것을 먼저 택하고, 가장 많은 시간을 할애한다. 확신을 따라가지만, 가끔은 불안에 빠진다. '혹시 잘못된 선택은 아닐까?' 불현듯 의심이 들기도 한다. '나중에 후회하지 않을까?'

그럴 땐 시간을 가늠해 본다. 나에게 주어진 시간이 얼마나 될지, 건강수명이 얼마나 남았을지 평균치를 기준으로 가늠해 본다. 기대수명만큼 산다면, 또는 건강수명의 나이에 몸이 흔들린다면, 지금 무엇을 해야 좋을지 다시 생각한다. 삶은 분명한 끝이 있기에 시간이라는 명확한 기준은 헷갈림을 줄여준다.

뜬구름 잡기 같은 시간 계산이 맞을지 틀릴지는 전혀 중요하지 않다. 계산보다 덜 살 수도 있고 더 살 수도 있다. 그건 내가 정할 수 없는 영역이다. 나는 내가 할 수 있는 일을 할 뿐이다. 내가 소유할 수 있는 시간을 소중히 여길 뿐이다. 언제가 될지 모르지만, 내 전화번호로 내 부고를 받은 친구들이 황당해하지 않기를 바란다. 오히려 씩 웃으며 이런 이야기를 주고받기 바란다. 자식, 잘 살다 갔네. 그러게 말이야.

하고 싶은 일을 하면
정말 좋을까

답부터 말하자. 내 답은 이렇다.

"꼭 그렇지는 않더라."

하고 싶은 일을 하면서 살면 좋지 않을까? 직장이나 직업을 고를 때 한 번쯤 해보는 고민이다. 젊을 때 나도 그런 고민을 했다. 군대를 갔다 오고 보니 당장 취업이 문제였다. 학교 성적이 좋으면 취업 부담이 크지 않던 시대였다. 그런데 성적이 엉망이었다. 공부보다 놀이에 열중하다 군대에 갔고 제대를 하니 4학년이 코앞이었다. 극적인 역전의 기회도 막판 스퍼트도 별 의미 없는 상황이었다. 막막했다. 그럴듯한 곳에 취업하기는 거의 불가능하겠다는 판단이 섰다. 어차피 그렇다면 하고 싶은 일을 하자.

꽤 깊은 고민을 했다. 진정 무엇을 하고 싶은지, 평생 어떤 일을 하면서 살면 좋을지, 그 일을 하면 정말 좋을지……. 길게 내다 보려고 애썼다. 마음을 들여다보려고 힘썼다. 그렇게 하고 싶은 일을 골랐다. 직장이나 직업이 아닌, 해보고 싶은 일이었다. 네 가지였다. 작가, 기자, 정치가, 교사. 모호하지도 헷갈리지도 흔들리지도 않았다.

운이 좋았다. 젊어서 손에 꼽았던 네 가지 중에 세 가지를 직업으로 삼았다. 지금도 그 일을 하고 있다. 하고 싶은 일을 하면서 살았으니 기쁨이 콸콸 쏟아지고 행복이 철철 넘쳤다. 오래오래 행복하게 살았다……. 그래야 했다. 이론적으로는.

어렵게, 아주 어렵게 기자가 됐다. 기자로 살아온 시간이 살면서 했던 그 무엇보다 길었다. 강산이 세 번 바뀌었다. 단순히 일이 아니라 인생이라고 해도 틀리지 않았다. 가장 하고 싶었고 가장 기대했던 일이었으니 희열로 시작했다. 끝은 전혀 달랐다. 좋은 마음으로 마무리하지 못했다. 아프고 처참한 마음으로 스스로 떠났다.

작가라는 말을 어떻게 정의해야 하는지 아직도 잘 모르겠다. 책 내용과 관계없이 책 낸 사람을 작가라고 한다면, 작가로 살아온 지 10년이 넘었다. 끊임없이 무언가를 기획하고 생각하고 끄적인다. 이 일은 참 만족스럽다. 할수록 기분 좋고 의욕이 솟는다. 이 일의 끝은 어떤 모습일까. 아마 기분 좋은 웃음이 함께 할 것 같다. 강의를 한 지는 10년이 가깝다. 젊어서 원했던 교사는 아니다. 그저 강사일 뿐이다. 교사를 하고 싶었던 건, 서로의 생각을 전하고 나눌 수 있는 게 매력적으로 보여서였다. 일반 대중을 상대로 하는 강의도 그와 비슷하다. 강사 역시 내가 알고 있는 것을 나누고 내가 모르는 것을 배운다. 서로의 마음이 닿기도 한다. 마음이 닿는 일은 기쁨과 희열이 함께 한다.

세 가지 중에서 하나는 때때로 좋았지만 시간이 갈수록 아픔이 커졌다. 다른 둘은 여전히 기쁘고 즐겁다. 아픈 것 하나는 기자 일이고 기쁘고 좋은 둘은 작가와 강사라는 일이다. 셋의 공통점은 모두 하고 싶은 일이었다는 것이다. 그런데 왜 이렇게 큰 차이가 생겼을까. 이 차이는 어디에서 오는 걸까.

자기결정권이었다. 자기결정권은 스스로 선택하고 결정할 수 있는 자유를 말한다. 강압 당하지 않고 자기 의지를 바탕으로 생각하고 행동하는 것이다.

　기자에게 가장 필요한 것은 자기결정권이라고 생각했다. 상식과 옳고 그름을 바탕으로 스스로 판단해서 알리는 게 할 일이라고 여겼다. 처음 시작할 때는 그래도 자기결정권을 발휘할 수 있었다. 시간이 갈수록 조금씩 조금씩 바뀌어 갔다. IMF사태라고 부르는 1997년 외환위기가 터진 이후에는 생존이 최고의 화두가 됐다. 생존이 절대명제가 되면서 변화 속도는 더 빨라졌다. 그 일을 떠날 땐, 가장 필요하지 않은 게 자기결정권이라는 생각까지 들었다. 기자로 입사했는데, 공무원으로 또는 종합상사원으로 퇴직하는 느낌이었다. 개인의 판단과 상식은 별 소용이 없었다. 생각과 판단은 있는데 어느 것도 꺼내기 힘들었다. 분명히 하고 싶은 일이었는데, 자기결정권이 사라지면서 즐거움도 사라졌다. 하고 싶은 일은 그냥 일이 되었다. 그래도 하고 싶은 일이었으니 좋지 않냐고? 아니, 그래서 아픔만 더 커졌다. 아예 원하는 게 없다면 아무런 상심이 없겠지만, 원하는 것을 갖지 못하면 상심은 눈덩이처럼 불어난다.

　작가와 강사 일은 자기결정권이 많은 편이다. 자기 생각과 판단으로, 자기가 하고 싶은 말을 할 수 있다. 작가의 글쓰기와 강사의 말하기는 결국 같은 행위다. 단지 글과 말이라는 도구가 다를 뿐이다. 글과 말이라는 매개체를 통해 생각과 주장을 한껏 펼쳐낼 수 있다. 어떤 이야기를 펼쳐내든 자기결정권이 보장된다. 이야기의 흐름을 스스로 끌어가고 완급 조절도 자기가 한다. 당연히 그 결과도 스스로 책임진다. 작가와 강사 일이 즐거운 건 자기결정권이 있어서다. 내 삶을, 내 시간을, 내가 끌고 간다는 점이 좋다. 온몸으로 내 삶과 시간을 살아가고 있다는 진한 느낌이 좋다.

하고 싶은 일을 하면서 살면 좋을 줄 알았다. 꼭 그런 건 아니었다. 남이 시키는 일만 하고, 생각과 판단을 묻어놓고 일해야 한다면, 하고 싶은 일이라는 건 자기를 속이는 허울에 그치고 만다. 나는 허울을 스스로 뒤집어쓰고 산 셈이다. 직장인은 자기 이름으로 살지 않는다. 직장명으로, 자기가 하는 일로 산다. 사회적 힘이 큰 직종일수록 더 그렇다. 퇴직 전까지 나도 직장명으로, 직업으로 살았다. 이름은 그 뒤에 따라붙을 뿐이었다. 내가 쓴 허울은 그럴듯했고 스스로 벗기 아까웠다. 그 허울을 하고 싶은 일이라는 보기 좋은 껍데기로 가려놓고 살았다.

직장을 나오니 직함이 사라지고 이름만 남았다. 아무도 봐주지 않던 이름만 덩그러니 남았다. 허울이 사라진 이름은 누구에게도 관심의 대상이 되지 못했다. 직책 뒤를 따라다니던 이름은 존재 의미를 상실했다. 참을 수 없는 존재의 가벼움? 가볍다고 말할 무게조차 남지 않았다. 그래서 허전했다? 부끄러웠다? 슬펐다? 아니, 그래서 좋았다. 아무것도 없으니 이름만으로 두 번째 삶을 시작할 수 있었다. 나라는 사람, 그 자체로 세상을 만났다. 직장도 아니고 직업도 아닌, 내 이름으로 살아볼 기회였다. 신문사 부장도, 유명인도, 뛰어난 지식인도 아닌, 아무것도 없는 사람으로 산다.

아니, 나에겐 아직 두 가지가 있다. 하고 싶은 일이 두 가지나 있다. 작가와 강사다. 자기결정권을 마음껏 누릴 수 있는 직업이다. 안정된 소득의 대가로 남이 시키는 일이나 하는 것보다, 소득은 불안정해도 하고 싶은 일을 하는 기쁨이 더 크다. 삶에 가장 큰 활력을 주는 건 자기결정권이다. 자기가 살아갈 삶과 자기에게 주어진 시간에 자기결정권을 갖는 것이다. 방향과 속도를 스스로 결정할 때 의욕도 성취감도 커진다. 하고 싶은 일의 기쁨을 드디어 맛보고 있다.

5부

내일은
더
아름다울
나

진정한 청춘

마트에서 뒤쪽에 있는 호박을 집으려고 몸을 획 돌렸는데 윽! 오른쪽 무릎 뒤쪽에 쥐가 나는 듯하더니 고통스러울 정도로 아프다. 인대가 꼬인 걸까. 이틀을 조심조심 걸었다. 무릎이 아프다. 무릎이.

옆구리가 슬슬 가렵더니 도톨도톨 뭐가 올라온다. 살짝 긁다 보니 불그스름하게 조금씩 번져나간다. 갑자기 겁이 난다. 병원에 가보니 대상포진이란다. 재작년에도 걸렸었는데 또. 면역력이 약해진 걸까?

걷기 운동을 하다 비탈길이 나오면 호흡부터 조절한다. 헉헉대며 힘들게 올라가지 않는다. 숨이 가빠지면 잠깐 멈춘다. 천천히 간다. 웬만하면 돌아서 간다. 높은 산? 그런 곳엔 가지 않는다. 어디 있는지도 모른다.

점심 먹고 앉았는데 정신없이 잠이 쏟아진다. 이럴 줄 알았다. 어젯밤 평소보다 덜 잤더니 이렇다. 잠자는 시간은 6~7시간 정도를 사수한다. 꼭 지켜야 한다. 덜 자면 다음 날 힘들다. 밤샘? 그런 짓 하지 않는다.

'60 청춘'이라고 하길래 그런 줄 알았다. 속은 것 같다. 청춘처럼 고갯길을 가뿐히 오르려고 했더니 숨이 턱 끝까지 올라온다. 꽤 높아 보이는 계단 길을 씩씩하게 오르다가 중간에 후회했다. 슬금슬금 올라가야 하는 거였다. 1년 전에는 무릎 아프다는 게 뭘 말하는 건지 이해할 수 없었다. 요즘 몸으로 이해하고 있다. 불과 몇 년 전에는 상상도 못 했던 일이다. 60 청춘. 그렇게 생각하지 않는다. 청춘이라고 말하는 것도 이상하다.

나 어렸을 땐 나이 60되면 환갑잔치를 했다. 갖은 음식 만들어 성대하게 상 차리고 동네 사람 다 불러서 먹고 마셨다. 1갑자라는 시간을 애쓰며 살아왔다고 축하해주고 위로해주는 자리였다. 자녀들이 너도나도 좋은 선물을 준비해서 드렸다. 요즘은 어느 집에서도 아무도 잔치를 하지 않는다. 간단하게 외식 한 번 하고 나면 끝이다. 그러면서 요즘 60은 청춘이라고 말한다. 잔치는 무슨 잔치냐고 하면서. 이쯤에서 그런 의심이 든다. 잔치 안 해주려고 그런 말을 만든 것 아닐까. 환갑잔치는 안 하면서 자식 돌잔치는 하지 않는가. 돌잔치는 태어난 아기의 사망률이 높았던 시절에 생긴 풍속이다. 1년을 살았으니 계속 살 가능성이 크다는 걸 기쁘게 여겨 잔치를 벌였다. 요즘 아기가 죽지 않고 1년 살았다는 걸 축하한다고 하면 다들 어리둥절할 거다. 그런데 돌잔치는 성대하게 벌인다.

60 청춘이라는 말로 끝나면 그나마 다행이다. 몸도 마음도 청춘인데 놀면 뭐 하냐고 한다. 놀면 안 된다고 한다. 놀지 말고 나가서 일하라는 말이다. 일해서 돈 벌어오라는 말의 다른 표현이다. 60이 되도록 평생을 한 게 일이다. 그렇게 일하고 퇴직했는데 또 나가서 일할 판이다. 그냥 있으면 눈치가 보인다. 이쯤 되면 또 다른 의심이 생긴다. '60 청춘'이라는 말은 사회적 음모 아닐까?

60은 그냥 60이다. 노년은 아니지만 그렇다고 청춘은 더욱 아니다. 아무리 멋있는 말로 포장해도 60은 노년으로 한 발씩 들어가는 시기다. 청춘이라고 불러주는 세상의 논리에 좋아할 것도 없고, 혹할 나이는 더더욱 아니다. 세상의 논리에 따르지 않기로 했다. 내 생각으로 내 몸에 맞게 살아가기로 했다. 몸도 마음도 이전과는 달라지고 있다. 나는 나이 들고 있다. 한동안은 나이 든다는 걸 부정하고 싶었고 실제 그렇게 생각했다. 60은 청춘이니까. 다들 그렇게 말하니까.

다시 생각해보니 청춘이라는 건 중요하지 않았다. 누군가는 청춘 같은 몸과 마음일 수도 있다. 그러나 누구나 청춘인 것은 아니다. 몸과 마음의 상태를 그대로 받아들이는 게 더 중요하다. 나이 들어가는 몸은 무언가 표시를 한다. 그 표시가 어떤 의미인지 세심하게 살핀다. 몸이 원하는 대로 해준다. 마음은 불편할 때마다 어떤 방법으로든 말을 한다. 그 말이 무슨 소리인지 잘 들어본다. 이제는 그 소리의 의미를 알아들을 때도 되었다. 마음을 알아차리고 불편하게 만들지 않는다. 그렇게 몸과 마음의 소리를 따른다. 나이 드는 나를 받아들이는 방법이다.

젊어지는 건 쉬웠다. 젊어지는 걸 받아들이는 건 즐거웠다. 세상이 내 것이 되는 듯했으니까. 나이 드는 건 어렵다. 나이 드는 걸 받아들이는 건 편치 않다. 세상이 내게서 멀어지는 듯하니까. 뛰고 뛰어도 생생하던 무릎이 아프다. 그냥 있어도 불편하다. 교과서도 외우던 암기왕이었는데 친구 이름이 가끔 기억나지 않는다. 야근하면 밤새고 끄떡없이 출근했는데 잠 좀 덜 잤다고 비몽사몽이다. 부인하고 싶지만 현실이다. 현실이라면 받아들이는 수밖에. 60은 그런 나를 받아들여야 하는 나이다.

'60 청춘'이라는 말을 젊게 살자는 말의 다른 표현이라고 한다면 공감한다. 젊게 사는 건 활기찬 삶을 꾸려가는 좋은 방법이다. 문제는 '청춘'이라는 말에의 집착이다. 젊게 보이려는 마음은 안티 에이징anti-aging에 매달린다. 노화를 지연시키거나 멈추게 하기, 또는 거꾸로 돌리는 게 안티 에이징이다. 40처럼 보이는 60, 그건 좋은 걸까. 그게 가능은 한 걸까. 나이 드는 걸 좋아할 사람은 없겠지만, 저항해서 이길 수 있는 사람도 없다. 어쩔 수 없는 나이듦이라면 그대로 받아들이는 게 지혜다. 고잉 그레이going-grey. 다가오는 나이 속으로 당당하게 걸어 들어가고 몸을 던져 풍덩 빠져드는 거다. 세상이 권하는 안티 에이징에 안달복달하고 싶지 않다. 자본의 논리, 사회의 논리에 나를 맞출 생각은 없다. 더는 세상의 부추김에 따르지 않을 작정이다. 그건 내 생각도 나를 위한 것도 아니다. 내가 원하는 모습으로 나이 들어가는 고잉 그레이가 더 마음에 든다.

혼자만의 환갑잔치를 할 걸 그랬다. 이 나이까지 잘 살아온 나를 칭찬하고 어렵게 견뎌낸 나를 위로해 줄 걸 그랬다. 나이듦으로 뛰어들자. 몸과 마음은 조금씩 알고 있지 않은가. 이전과는 많이 다른 시간을 살아야 한다는 걸. 그 상태서 새로운 삶을 맞이하자. 지금과는 다른 삶, 두 번째 삶, 진정 나를 위한 삶. 그 출발점으로 60은 괜찮은 나이다. 두 번째 삶을 시작한다면 60은 진정한 청춘이다. 새 인생으로 나아가는 첫발을 떼었으니까. 60이어서 청춘이 아니라 새 인생을 시작해서 청춘이다. 진짜 뜨거운 인생은 이제 시작이다.

나도 전설이다

TV를 켜면 채널과 시간을 가리지 않고 예능 프로그램이 쏟아진다. 방송인이라고 통칭하는 사람들이 마이크를 잡고 주로 연예계 사람들이 많이 출연한다. 어느 날은 가수가 나와 자기 노래가 세상을 뒤덮던 시절을 이야기한다. 다른 날은 배우가 지나간 추억과 인기 많던 시절의 일화를 풀어내며 웃음을 끌어낸다. 스포츠 선수들도 빠지지 않는 단골이다. 국내외에서 두드러지는 활약으로 유명해진 선수들은 방송에서도 단박에 눈길을 빨아들인다. 아무 생각 없이 TV를 켰다가 예능 프로그램에서 잠시 리모컨을 멈추었다면 결과는 뻔하다. 프로그램이 끝날 때까지 아무 생각 없이 보고 있는 자신을 발견하게 된다.

언제부턴가 예능을 보다가 특정한 단어를 자주 들을 수 있었다. '전설'이라는 단어다. 예전에 큰 인기를 얻었던 연예인이 출연하면 치켜세우며 전설이라고 불렀다. 오랜 시간 가수나 배우로 활동한 사람 역시 전설이라는 명칭을 얻었다. 큰 활약을 펼친 사람에게 전설이라는 수식어는 너무나 당연해 보인다. '전설'은 단어의 뜻 그대로라면 옛날부터 전해져 내려오는 이야기들이다. 그러나 요즘 흔히들 말하는 '전설'은 조금 다르다. 대단한 인기나 기록을 보유했던 대단한 사람을 이르는 의미가 됐다. 바야흐로 전설의 시대다. 전설이 홍수처럼 쏟아진다.

TV에서 수많은 전설을 보면서 단 한 번도 전설이라고 불리지 못한 사람들을 생각해본다. 40년을 공무원으로 일한 옆집 아저씨. 그 아저씨는 고등학교를 졸업하고 9급으로 시작해서 6급으로 퇴직했다. 31년간 은행원 생활을 한 친구. 적성에 잘 맞지도 않는 일을, 마지막에는 후배 밑에 배치되어 갖은 고생하다 명예퇴직 당했다. 입사 10년 만에 사표를 던지고 혈혈단신 맨손으로 사업을 일군 친구도 있다. 지금은 탄탄한 사업체를 가진 사장님이다. 왜 이 사람들은 전설이라고 부르지 않을까. 왜 누구도 그렇게 불러주지 않을까. 9급에서 6급이 된 노력은 왜 전설이 되지 못할까. 먹고 살기 위해 버텨낸 고생은 왜 전설이 되지 못할까. 맨땅에 헤딩해서 사장이 된 건 왜 전설이 되지 못할까. 아무도 모르니까? 유명하지 않으니까? 그런 이유라면 그야말로 '인생차별'이다.

어떤 사람이든 자기 나름의 삶을 살아갈 뿐이다. 하는 일이 다르고 드러낼 수 있는 게 다를 뿐이다. 온 힘을 다해 살아가는 삶을 일률적으로 재단할 수 있는 잣대는 세상에 없다. 재단할 수 없으니 대단하다거나 그렇지 않다고 함부로 판단할 수도 없다. 분명한 건 한 가지다. 우리는 모두 전설이라는 것이다. 어떻게 어떤 방식으로 살아왔든 충실한 삶을 위해 애쓰며 살아왔다면 누구나 전설이다.

． ． ．

나는 신문 편집기자로 30년을 넘게 살았다. 취재기자는 기사를 쓰고 편집기자는 제목을 쓴다. 취재기자가 기사를 써서 보내면 편집기자의 일이 시작된다. 어떤 기사를 신문의 중요한 위치에 놓을지 결정하고 모든 기사의 제목을 작성한다. 독자들이 보는 기사의 제목들은 모두 편집기자가 만든다.

첫걸음을 시작할 때부터 남들보다 잘하고 싶었고 잘해야 한다고 생각했다. 내가 택한 일이었고 꼭 해보고 싶은 일이었기 때문이다. 마음을 굳게 먹는다고 처음부터 일이 잘될 리 없다.

일은 빨리 손에 익지 않았고 고민은 많아졌다. 최상의 결과를 만들겠다는 욕심만 앞섰다. 마감 시간이 코앞인데 내가 맡은 지면이 백지로 비어있는 꿈도 자주 꾸었다. 신문을 발행해야 하는 데드라인 시간인데 아무것도 해놓지 못한 거다. '야, 거기는 비워놓고 윤전기 그냥 돌려.' 국장의 화난 목소리에 깜짝 놀라 눈을 뜨면 꿈이었다. 낮이나 밤이나 등에 땀이 죽죽 흘렀다. 낮에는 마감하느라 밤에는 꿈꾸느라 등이 젖었다. 30년이 지나도 다르지 않았다. 그렇게 오래 했으면 식은 죽 먹듯 척척 해내야 하는데 매일이 똑같았다. 일을 손에서 놓는 날까지 시간에 쫓겼다. 사망통계를 바탕으로 조사한 직업별 평균수명을 보면 작가와 언론인이 가장 짧은 편에 들어간다. 이유는 데드라인. 마감 시간이 주는 스트레스 때문이라고 한다. 날이면 날마다 그 데드라인을 넘나들며 일했다.

· · ·

뜨거웠던 시간을 기억한다. 초년기자 시절 밤이 오면 자취방을 나와 회사로 향했다. 다음날 게재될 가능성이 큰 기사들을 복사해왔다. 잠들기 전까지 기사를 읽고 또 읽으며 좋은 제목 만드는 연습을 했다. 그런 과정을 거치며 실력을 키웠다. 누군들 그런 시간이 없을까마는 불에 달군 쇠처럼 뜨거운 시간을 걸어 왔다.

그렇게 만들었던 신문인데 보는 사람이 없다. 요즘 그렇다는 말이다. 현직을 떠났지만 서글픈 마음이 든다. 주변에 누구를 붙잡고 물어봐도 신문 본다는 사람이 없다. 남녀노소 구분도 없이 그렇다. 평생 열심히 만든 신문인데 이게 무슨 상황인가. 취업 전선에 나서야 하는 딸은 가끔 그렇게 얘기한다. 아빠는 대학생들이 취업하고 싶은 분야에서 일했던 거라고. 그러면서 신문은 안 본다. 매일 스마트폰만 끼고 산다.

온 힘을 다해 살아왔다. 제목 한 줄로 수많은 사람의 시선을 잡아당기고 싶었다. 어떤 제목을 만들어내느냐에 따라 사회가 들끓기도 했고 눈물을 보이기도 했다. 세상의 화제가 되는 표현, 세상에 떠도는 유행어는 모두 편집기자 머리에서 나왔다. 머리 터지게 고민하고 치열하게 일했다. 그런 나의 시간이 있었다. 그래서 어쩌라고? 어쩌긴 뭘. 나도 전설이라는 말이다. 지금은 날마다 산에 다니는 옆집 아저씨도, 육체노동을 하는 친구도, 손주를 보고 있는 친구도 전설이라는 말이다. 자기의 시간을 뜨겁게 살아온 나도 그리고 당신도 전설이다. 누가 알아주지 않아도 그렇게 불러주지 않아도.

그래, 우리는 모두 전설이다.

뭐라도 있는 줄 알았지

　내 삶의 의미는 무얼까. 젊어서부터 그런 생각을 꽤 했다. 어차피 한번 사는 거 좀 의미 있게 살아야 하지 않을까 그런 생각 말이다. 쓸데없이 머리만 아팠다. 그래서 키가 못 자란 건 아닐까 하는 의심 아닌 의심도 든다. 삶의 의미라는 제법 무거운 생각을 하느라 때때로 혼란스러웠다. 그런데 머리가 더 복잡해지는 일이 생겼다. 의미라는 건 무슨 뜻이지? 이런 생각이 또 들었기 때문이다. 아, 머리만 고생이다. 사전을 보니 뜻이나 가치라고 한다. 맞아, 가치 있게 살면 좋겠지.

　그렇다면 무얼 해야 가치 있을까. 자유 평등 박애 이런 걸 위해 무언가 해야 하나? 어디서 많이 들어봤는데 내가 할 일은 아닌 것 같고. 지구를 위해서? 나라를 위해서? 그건 가치가 있는 건가? 생각 많으면 머리만 아프다.

제법 오래 생각했다. 어려운 문제여서일까. 답을 찾는 게 쉽지 않았다. 인생이라는, 가장 중요한 문제의 답을 구하는 일 아닌가. 답이 쉽게 찾아진다면 인생이 왜 어렵겠어. 서두르지 않았다. 시간이 가면 어느 정도 알게 되겠지.

초등학교인가 중학교 때 그 이야기를 배웠다. 어떤 소년이 파랑새를 찾아 떠난 이야기. 어딘가에 분명히 있을 것 같은 파랑새를 찾아 소년은 길을 나선다. 길에서 만난 사람들은 파랑새가 저기에 또는 그 너머에 있다고 알려준다. 소년은 사람들이 파랑새가 있다고 말하는 멀고 먼 곳까지 열심히 갔지만 어떤 것도 발견하지 못한다. 나이 들도록 시간만 보내고 결국 소년은 다시 집으로 돌아온다. 그 이야기 뜻을 그땐 몰랐다.

．．．

중국 춘추전국 시대 제나라 환공은 고죽국을 정복하러 떠났다. 전쟁은 예상보다 길어졌고 봄에 떠난 군사들은 겨울에야 회군할 수 있었다. 돌아오던 군사들은 설상가상으로 길을 잘못 들어 엉뚱한 곳에서 헤매게 되었다. 군사들이 갈팡질팡하고 있을 때 재상 관중이 늙은 말 몇 필을 풀어 놓았다.

"늙은 말의 지혜를 빌리면 됩니다. 경험이 많아서 우리를 잘 안내해 줄 겁니다."

군사들은 늙은 말을 따라서 무사히 돌아올 수 있었다. 나이 든 사람은 지혜가 있다는 비유로 종종 쓰이는 이야기다. 1갑자의 나이가 된 나는 그 말처럼 지혜가 있을까? 있다면 꽤 많이 있을까? 진짜 그럴까? 모를 일이다. 지혜가 많다는 나이가 되었는데 왜 삶의 의미도 모를까. 나이가 들어도 알 수 없는 건 너무 많다.

큰 선물을 하나 받았다. 잔뜩 기대를 품고 포장을 벗긴다. 벗기고 보니 안에 또 하나의 상자가 들어있다. 귀하고 비싼 선물이라 이중으로 포장한 모양이다. 또 벗겨내니 다시 상자가 보인다. 그 안에 또 하나의 상자, 또 하나의 상자……. 기대에 기대를 더해가며 포장을 벗기고 또 벗기다 마주하는 건 분노와 허무함이다. 그런 감정이 드러날 때쯤 드디어 마지막 상자를 만난다. 도대체 얼마나 귀한 게 있기에 하는 마음으로 열어보니 안에는 텅 비어있다. 지치고 황당하고 허탈한데 어떤 소리가 들린다. 잘 들어보니 이런 소리다. "속았지롱~."

삶의 의미는 그런 선물과 같은 것 아닐까. 많은 기대를 품고 선물상자를 하나하나 열어보지만, 마지막에 만나는 건 아무것도 없는 빈 상자.

독일 출신 소설가 파트리크 쥐스킨트 작품인 《깊이에의 강요》(열린책들, 2020)에는 한 화가가 나온다. 화가는 자기 작품에 깊이가 없다는 평론가 말에 고뇌를 거듭한다. 깊이의 의미에 지나치게 매달린 화가가 택한 것은 죽음이었다. 화가가 세상을 떠난 후 평론가는 다른 말을 한다. 화가의 작품에는 삶을 파헤치고자 하는 열정과 깊이가 가득하다고. 씁쓸한 희극이라고 불러도 좋을 삶을, 짧은 글 속에서 진정 깊이 있는 통찰력으로 보여 준다.

깊이에의 강요. 그런 거 아닐까. 삶의 의미라는 집착 말이다. 이렇게 나이가 먹도록 답을 못 찾았다면, 없는 걸로 결론을 내도 되지 않을까. 문제 풀이는 그만해도 될 것 같다. 어차피 답을 찾지 못할 테니까. 머리로 찾아지는 답이 아니다. 어떤 현인이 갑자기 나타나 이게 삶의 의미라고 말해주지도 않을 거다. 그도 모르기는 마찬가지겠지. 그들의 의미와 나의 의미도 다를 테고.

파랑새를 찾아다니다 빈손으로 돌아온 소년은 뜻밖의 사실을 알게 된다. 나이 들고 지쳐 쓰러질 듯한 몸으로 집에 와 보니 자기가 기르던 비둘기가 바로 파랑새였다는 것이다. 파랑새 이야기의 뜻을 내가 어릴 적에 알아들었다면 얼마나 좋았을까. 이렇게 돌고 돌아 결국 있던 자리로 돌아오는 일은 없었을 텐데. 그때 파랑새 이야기의 뜻을 알았다면 어린 나이에 득도하지 않았을까 싶다. 역시 도는 멀고 고생은 가깝다. 사는 건 거저 얻어지는 게 없다. 모든 깨달음은 시간과 고단함을 제물로 바쳐야 한다.

취업을 못 해 발버둥 치던 20대, 일하느라 숨 가쁘게 달린 30대, 육아와 내 집 마련에 허덕였던 40대, 버티며 견뎌온 50대. 이게 내가 꿈꾸던 인생이었을 리 없다고 되뇌며 그 시간을 살아냈다. 그런 순간을 거치고 나면 언젠가는 의미 있는 목적지가 나타날 줄 알았다. 뒤돌아보니, 거쳐온 그 시간 모두가 의미였다. 그 순간들로 내 삶이 만들어지고 있었다.

삶의 의미라는 거, '그런 거 없다'에 한 표 건다. 이 나이가 될 때까지 고민하고 만들어 낸 귀한 한 표다. 내가 걸어가는 길 위에서 기쁘게 평온하게 마음 덜 아프게, 그렇게 사는 게 내 삶의 의미다. 부드러운 표정으로 하루 살기. 가족과 더 편하게 많은 시간 보내기. 쓰고 싶은 주제로 글쓰기. 불편함이 적은 사람들과 만나고 이야기하기. 맛있는 음식 먹고 웃음 나누기……. 일상에서 벌어지는 그렇고 그런 풍경과 함께하는 '살아있음' 그 자체. 그런 것들이 앞으로 살아가며 내가 만들어 낼 삶의 의미다. 삶의 의미를 찾는 건 의미 없는 일이다. 내가 기쁜, 내 마음이 평온해지는 하나의 행동이 이미 충분한 의미다.

시시한 게 좋아

　창문으로 아라뱃길 터미널이 보이는 카페였다. 작은 야외 데크에 앉아 친구들과 이런저런 이야기를 나누고 있었다. 해도 그만 안 해도 그만인 그저 그런 이야기가 오갔다. 한 시간 넘게 수다를 주고받는 중이었다. 점심은 근처 유명한 식당에서 먹었다. 제법 이름이 알려진 짬뽕집이어서 점심시간이 지났는데도 사람이 가득했다. 국물이 진하고 맛있었다. 양도 많아서 만족스러웠는데 오징어가 좀 질긴 게 흠이었다. 점심을 먹은 뒤 아라뱃길 공터를 조금 걷고 곧 카페에 자리를 잡고 앉았다. 초봄의 오후였다. 햇살이 퍼져 날씨는 따뜻했고 한적한 카페는 마음을 느긋하게 만들어 줬다. 백수들의 수다가 이어졌다. 어떤 이야기 끝에 한 친구가 말했다.

"우리 참 시시하다. 짬뽕 한 그릇 먹고 멀리도 못 가고 고작 이런데 오는 걸 나들이라고."

다른 친구가 웃으며 말했다.

"시시한 게 좋은 거야."

그 말에 모두 고개를 끄덕였다.

·　·　·

시간은 선물을 준다. 지혜를 주고 통찰력을 갖게 한다. 세월이 그냥 가는 것 같아도 그 속에는 보이지 않는 배움이 있다. 시시함의 위대함을 알게 되는 것도 시간이 주는 선물이다. 시시한 걸 즐기며 살아가는 중이다. 시시한 시간, 시시한 하루를 즐긴다. 운동하고, 밥 차려 먹고, 책 읽고, 도서관 가고, 산책하면 하루가 간다. 특별히 하는 것 없는 하루다. 그렇게 지나가는 하루하루를 즐긴다.

영락없는 백수, 시시한 사람으로 산다. 젊을 때는 불만이었던 시시한 사람. 그런 사람으로 산다. 직업이 없고, 직위도 없다. 주목받을 일 없고, 누구도 주목하지 않는다. 아무도 찾지 않는다. 종일토록 전화 한 통 오지 않는다. 이쯤 되면 그냥 동.남.아.다. 동네 남아도는 아저씨. 더없이 편안하다. 차지하고 싶은 자리도 없고 무언가 크게 원하는 것도 없다. 꼭 이뤄야 할 목표도 없고, 달성해야 할 실적도 없다. 이런 시시함이 좋다. 이 편안함을 나이 들어서야 깨닫는다.

· · ·

"왜 혼자야?"

먼 지방의 재래시장 국밥집이었다. 막창 국밥을 주문하자 주인 할머니가 하는 말이었다. KTX 타고 먼 지방으로 몇 달간 강의를 다녔던 적이 있었다. 강의가 끝나면 재래시장으로 갔다. 어느 날은 백반을, 어느 날은 국밥을 골랐다. '혼자 먹어야 이 맛을 제대로 누리거든요' 주인 할머니에게 속으로만 대답하며 30분 동안 국밥 한 그릇을 먹었다. 혼밥은 음식의 맛을 하나도 놓치지 않고 즐길 수 있어서 좋다. 다음은 커피다. 맛있는 커피를 사 들고 항상 찾아가는 곳으로 갔다.

도심을 흐르는 천. 넓은 천변에 나무 그늘 드리운 벤치가 내 자리였다. 사람이 드문 평일 오후, 천변 풍경은 모두 내 것이었다. 벤치에 누우면 초여름의 맑고 높은 하늘이 눈을 채웠다. 고개를 돌리면 바다로 향하는 물결이 피로를 달래주고 씻어줬다. 몸을 일으켜 앉으면 늘어선 푸른 나무가 청량감을 선사했다. 한가하고 평화롭고 여유 넘치는 시간이었다. 그때 그곳에 있던 것들은 너무 흔하고 너무 별것 아닌 것들이었다. 별것 아닌 것들이 모여, 잊기 싫은 시간과 잊히지 않는 풍경을 만들었다.

내 인생의 기쁨이 무엇이었나 생각하곤 한다. 여러 기쁨이 있었을 텐데 특별히 생각나는 게 없다. 생각나지 않는 게 아니라 생각해내지 못하는 것이리라. 하루를 살아내기 바빴고 이유 없이 바쁘게 걸었던 것 같다. 왜 바빠야 하는 건지, 어디로 가는지도 모르며 허덕거린 기억만 있다. 급하게 걷기만 했을 뿐, 눈에 담아 놓은 것들은 별로 없다. 내가 걸어온 길 곳곳에 분명히 자리하고 있었을 그 어떤 기쁨도 알아차리지 못했다. 그래서일까. 지나온 시간을 돌아봐도 기쁨의 기억이 드물다.

요즘은 가능하면 천천히 걷는다. 무언가 하나라도 눈에 더 담는다. 무언가 기분 좋게 느껴지면 멈춘다. 천천히 걷던 걸

음마저 그대로 멈춘다. 마음에 들어오는 풍경, 몸으로 만나는 시간을 하나씩 끌어안는다. 그것들이 인생이려니 여긴다. 어디에서나 볼 수 있는 풍경을, 오늘도 내일도 만날 특별하지 않은 시간을, 살아가는 기쁨으로 쌓아간다. 예전에는 몰랐던 흔한 기쁨을 하나씩 배운다.

· · ·

"맛이 괜찮네." 집에서 멀지 않은 공원이었다. 흔들 그네가 왔다 갔다 하면 몸도 따라서 시계추처럼 움직였다. 흔들 그네 의자에 앉아 호수를 바라보며 아내와 커피를 마셨다. 집에서 텀블러에 내려온 드립백 커피는 맛이 좋았다. 가을이 깊었지만 춥지는 않았고 커피 한 모금이 몸을 따뜻하게 만들어줬다. 마트에서 산 드립백 커피는 가격 이상의 맛을 냈다. 분위기가 맛을 더했고, 사람이 또 다른 맛을 더했고, 기분이 맛을 완성했다. 부드러운 빵 하나를 꺼내 입에 넣었다. 가을 덮인 호수와 맛 좋은 커피와 빵이라니. 거의 완전한 조합이었다. 그리고 하나가 더 있었다. 투명하게 호수 위로 퍼지는 햇살. 회사를 그만두고 전업작가로 살던 어느 시인이 그렇게 말했단다. 자기는 월급 대신 날마다 햇살을 벌고 있다고. 그 말이 진실이라는 걸, 내가 회사를 그만두니 알 수 있었다. 날마다 보던 햇살이지만 몸과 마음이 자유로운 상태에서는 전혀 달랐다. 말 그대로 온몸으로 느낄 수 있었다. 기쁨을 완성하는 건 흔하고 시시한 것들이었다.

산책하며 하늘을 보다가, 도로 옆에 피어난 꽃을 보다가, 간소하게 차린 밥을 먹다가, 가끔은 그런 생각을 한다. 이것으로 충분하구나. 더 바라지 않아도 되겠구나. 그런데 무얼 얻으려고 그렇게 허덕이며 살았던 걸까. 무엇이 되고 싶어서 악을 쓰며 살았던 걸까. 많은 걸 손에서 놓았다. 돈을 더 많이 버는 것도, 사회적 지위도, 잘 나가고 싶은 욕심도, 주목받고 싶은 마음도 슬그머니 놓았다. 중요하고 크다고 여겼던 덩어리를 덜어내고 뭐가 남았을까. 별것 없다. 예전에는 눈에 차지도 않았던 그런 것들이다. 하찮고 시시한 것들. 그런데 그것들이 다시 보인다. 꽤 좋다. 여태껏 모르고 있었을 뿐. 인생 방정식이 간단해졌다. 지금 별다른 문제가 없다면 이 상태로 좋다. 시시한 것들만 있어도 얼마든지 기쁘고, 살아가는 데 부족함이 없다. 편안한 하루, 별것 없는 일상, 시시한 사람으로 시시한 하루를 보낸다. 그런 하루가 모여 시시한 인생을 만든다. 그래서 좋다. 지금 시시하게 살아가는 중이다.

작은 것들의 가치

마늘을 깐다. 물에 담갔다 꺼낸 마늘이 큰 대야에 가득하다. 아내가 시킨 일이니, 군소리하지 말아야 한다. 이유를 묻거나 하기 싫다는 말도 금물이다. 실장갑을 끼고 마늘을 집어 든다. 맨손으로 마늘을 까면 손톱 밑이 아리거나 자칫하면 작은 물집이 생긴다. 실장갑은 필수다.

둥근 마늘 한 통을 절반으로 쪼개고 더 잘게 또 쪼갠다. 마늘 한 쪽을 들어 작은 칼로 아래쪽을 살짝 벗기고 껍질을 깐다. 물에 젖은 마늘껍질은 슬슬 잘 밀려난다. 아내도 맞은 편에 앉아 별말 없이 마늘을 깐다. 묵묵히 서로 자기할 일을 한다. 회사에서 말없이 고개 처박고 일만 하던 모습과 비슷하다. 겉보기는 비슷해도 속내는 하늘과 땅만큼이나 차이가 크다. 무엇보다 마음이 편하다. 이렇게 평화로운 근무환경이라면 자진해서 야근이라도 할 판이다. 뽀얀 순백색 마늘이 조금씩 쌓인다. 하나씩 하나씩 언제 다할까 싶은데 그것도 하다 보니 제법 산을 이룬다. 이 많은 걸 다 해내면 아내에게 칭찬받을지도 모르겠다.

멸치를 다듬는다. 거실 탁자에 신문지를 깔고 상자 속 멸치를 우르르 쏟는다. 멸치 하나를 집어 든다. 이제 이놈은 괴로움을 겪어야 한다. 미안하지만 괴롭히는 게 내가 할 일이다. 내가 사람이 나빠서 그러는 게 아니다. 먹고 살자니 어쩔 수 없는 일이다. 먼저 머리를 떼어낸다. 잔인한 짓이지만 별 죄책감이 들지는 않는다. 잘라낸 머리는 신문지 한쪽으로 던져버린다. 다음은 몸통이다. 몸통을 비틀어 까만 멸치 똥을 끄집어낸다. 똥도 머리처럼 가차 없이 버려지는 신세다. 온전히 살만 남은 멸치를 한쪽에 모은다. 이름하여 순살 멸치다. 수북하게 쌓인 멸치는 냉장고에 넣어두고 육수용으로 사용한다. 국이나 찌개를 끓일 때 맛있는 국물을 만드는 훌륭한 재료가 된다. 당분간 구수하고 시원한 육수 걱정은 안 해도 된다.

TV에서는 EBS 프로그램 '세계테마기행'이 한창이다. 눈에는 화면 속의 유럽을 담고 손으로는 현실 속의 멸치를 주무른다. 이 멸치를 국가대표 수준으로 잘 다듬으면 아내가 유럽 여행을 보내주지 않을까? 쓸데도 없고 가당치도 않은 기대를 살짝 해본다. 유럽은 모르겠지만 내일 저녁엔 맛있는 된장찌개를 분명히 먹을 수 있다.

　구멍 난 양말을 꿰맨다. 뽀송하게 마른빨래를 걷어 하나씩 정리하다 보니 양말 두 개가 구멍이 났다. 반짇고리를 들고 와 바늘을 꺼낸다. 회색 실을 꿰고 사정없이 양말을 뒤집는다. 어김없이 그 자리다. 엄지발가락이 다른 발가락보다 툭 튀어 나간 나는 양말을 몇 번만 신어도 엄지발톱 닿는 자리에 구멍이 난다. 얼마 신지 않은 양말을 버리기는 아깝고 해서 구멍을 꿰매 신는다. 바늘을 들고 이리저리 야무지게 교차한다. 구멍은 사라지고 그 자리에 꿰맨 자리가 남는다. 신을 때 발가락이 약간 불편하겠지만 그래도 양말 한 켤레를 살려냈다. 아주 효과적인 심폐소생술이다. 가정경제에도 큰 보탬을 줬다.

　젊을 때 자취생활을 오래 해서인지 이 정도 바느질은 식은 죽 먹기다. 심지어 재미도 있고 적성에도 잘 맞는다. 바느질할 때는 나도 모르게 고도의 집중력이 발휘된다. 양말구멍 꿰매기를 무슨 명품 옷이라도 만드는 듯 한땀 한땀 신경을 쓴다. 무념무상이 있다면 이런 게 아닐까. 언젠가

찢어진 반바지를 잘 수선하고 난 뒤에 생각했다. 이게 내가 걸어야 할 길이었던 건 아닐까.

마늘을 까고 멸치를 다듬고 바느질을 하는 건 장점이 많다. 회사 일 열심히 하는 것보다 얻어먹을 게 많고 나라 걱정에 정치인 욕지거리하는 것보다 가치가 크다.

일단 평화롭다는 게 장점이다. TV를 보며 간단한 집안일을 함께 하는 시골 노인 부부가 떠오른다. 얼마나 보기 좋은 풍경인가. 나이 든 부부가 두런두런 이야기 나누며 소소하게 무언가를 하는 풍경은 인류의 로망이다. 평화로우면 싸움이 없다. 매끈한 관계가 사는 재미를 좋게 만들어 주고 자연스럽게 행복으로 연결된다. 저녁마다 그런 평화가 찾아온다면 모든 집이 즐거워지고 세계평화쯤이야 저절로 이루어진다.

또 다른 장점은 기분이 좋아진다는 거다. 멸치 똥을 빼낼 때는 느긋해도 된다. 평생 그랬던 것처럼 시간을 따져보고 생산성이나 업무 효율을 계산하지 않아도 된다. 오늘 못 하면 내일 하면 되고 깔끔하게 똥이 빠지지 않으면 잔소리 한 번 들으면 된다. 아내가 날리는 부드러운 채찍 정도야 맞으면 맞을수록 기분 좋지 않은가. 느긋하게 별일 없이 보내는 하루는 편안하다. 여유 있게 조금씩 손을 놀리면 숲길을 산책하듯 기분이 좋아진다.

아무 생각이 들지 않는 것도 좋다. 단순한 일에 집중하면 모든 걱정이 머릿속에서 사라진다. 오직 이 순간만 남는다. 마늘이 쉽게 잘 까졌으면, 멸치가 깨끗하게 다듬어졌으면, 양말이 예쁘게 꿰매졌으면 하는 염원이 남북통일을 향한 마음보다 커진다. 어떤 걱정도 그 자리를 치고 들어올 수가 없다. 하얀 마늘이 큰 그릇에 가득 쌓인 기쁨을 어찌 회사에서 프로젝트 따위를 완성한 것에 비하랴.

하루를 편안하게 만들어 주는 건 별것 아닌 것들이다. 세상일에 지쳐 돌아왔을 때 힘이 되어 준 건 포근한 밥상이고 마음을 다쳤을 때 약이 되어 준 건 따뜻한 말 한마디였다. 직업의 옷을 벗고 사회의 짐을 내려놓았을 때 나를 맞아준 건 생활 속의 보이지 않던 기쁨들이었다. 그 작은 기쁨들로 시간을 채우며 산다.

삶을 기분 좋게 해주고 기쁘게 해주는 건 대단한 일이 아니다. 가치 없어 보였던 작은 것들의 가치를 새롭게 배운다. 마늘을 까고 멸치를 다듬고 양말을 꿰매는 일은 그래서 고맙고 즐겁다.

봄날 같은 사람으로

'투덜이 스머프, 미스터 니예트'

직장생활 초년에 그런 별명으로 불렸다. 불만이 많고 투덜거린다고 선배들이 투덜이 스머프라는 별명을 붙였다. 미스터 니예트에서 '니예트'는 러시아말로 '아니오'라는 뜻이다. 안드레이 그로미코Andrei Gromyko 라는 옛 소련 외무장관이 서방세계와 맞설 때마다 "아니오"를 외쳐 그런 별칭으로 불렸다. 그 별칭이 나에게 왔다. 젊어서부터 세상에 불만이 많았다. 뭔가 잘못 돌아가고 있는 것 같은 시스템이나 관행을 볼 때마다 투덜거렸다. 모두 별말 없이 지나갈 때도 '아니오'라고 말했다. 툭하면 선배들과 언쟁이 붙었고 지고 싶지 않았다. 부장과 팽팽한 신경전을 벌이는 일도 잦았다.

모난 돌에 정이 쏟아지는 건 세상 이치다. 신나게 혼나면서도 줄기차게 맞대응했다. 선배들이 보기엔 쓸 만한데 골치 아픈 놈이었다.

나에게는 이유 있는 저항이었는데 남들이 보기에는 이유 없는 불만이었고 세상과의 불화였다. 시니컬하다는 인물평도 계속 따라다녔다. 문제는 이런 불화가 아주 오래갔다는 거다. 몸에 박힌 DNA처럼 나이가 들어도 바뀌지 않았다. 정체성처럼 그대로 몸에 달라붙어 있었다.

．　．　．

책쓰기 모임을 하면서 편하게 닉네임을 하나씩 만들기로 했다. 내가 택한 건 '창'이다. 이름에서 따오면 닉네임으로도 누구인지 금방 알 수 있고 한 글자라 부르기 편하리라고 생각해서였다. 책쓰기 수업을 이끄는 나는 주로 피드백을 맡았다. 책을 쓰고 싶은 이유, 감추고 있는 속내, 글쓰기로 더 들여다봐야 할 것들을 일러주는 일이었다. 피드백 받은 사람들이 가끔 말했다.

"아파요."

"닉네임처럼 쿡쿡 찌르네."

내 나름으로는 진심을 담아 조심스레 이야기했는데 아니었다. 뜻밖에 많이들 힘들어했다. 말을 가리기보다 직설적으로 하고 말투도 공격적이라는 걸 알고 있기에 무척 신경을 썼는데도 그랬다. 성심성의껏 조심해서 이야기했다는 건 나 혼자 생각이었다. 누군가를 찌르고 있다는 걸 스스로 모르고 있었다.

조금은 억울한 일이었다. 언제부터인가 습관을 고치기 위해 꽤 애썼다. 말하는 방식도 바꿨다. 아내와는 서로 존댓말을 했다. 존댓말을 하면 말을 함부로 할 수 없다. 후배들이 무언가 물어보면 간간이 '네' '그러시죠'라고 말하면서 톤을 낮췄다. 효과가 있는 것 같았고 어느 정도는 만족스러웠다. 그런데 꼭 그렇지는 않았던 모양이다. 노력한다고 달라지는 게 아니었던 모양이다. 질기게 달라붙어 있는 습성이 싫었다. 그런 사람이라는 게 싫었다.

"추당이 좋아, 싫지 않으면 추당으로 해." 한학을 공부한 친구가 대뜸 말을 던졌다. 무슨 소리인가 했더니 나에게 어울리는 호를 지었다는 거다. "가을 추秋, 연못 당塘, 추당." 말 그대로 가을 연못. 추당은 아무 물이나 들이지 않고 맑은 물만 가려서 받는 게 특성이란다. 다양한 스타일의 많은 사람을 받아들일 유형이 아니니 추당이 적당하다고 장황한 설명을 곁들였다. 사람 가리는 스타일이라는 거다. 고심해서 지었다니 고맙기는 한데 좀 떨떠름했다.

추당이라는 단어의 날카로운 느낌이 자꾸 걸렸다. 좀 더 부드럽게 살고 싶다는 생각이 들었다. "추당보다 춘당으로 하면 안 될까? 봄 춘春, 연못 당塘, 춘당." "안될 건 없지만…" 입을 뗀 친구가 말을 이었다. "춘당은 흙탕물, 썩은 물, 더러운 물, 깨끗한 물 가리지 않고 다 받아들여. 본인이 그걸 감당할 수 있겠어?" 할 수 있다는 말이 선뜻 안 나왔다.

적당한 절충을 거쳐 취당이 됐다. 푸를 취翠, 연못 당塘, 취당. 추당의 가을 연못과 뜻은 크게 다르지 않지만 날카롭고 차가운 느낌은 많이 덜어졌다. 푸른 연못, 맑지만 지나치게 물을 가리지는 않는 연못. 감당 못 할 정도의 물은 받아들이지 않아도 어느 정도의 물은 받아들이는 그런 연못이다. 내가 살아가는 모습도 적당히 맑고 적당히 섞이고 적당히 부드러운 정도였으면 좋겠다는 생각이 들었다.

후배들은 아직도 나를 '창선배'라고 부른다. 나는 '창'이라는 글자가 누군가를 찌르는 창이 아니라고 때때로 역설한다. 세상으로 열린 창문을 뜻한다고 말해주지만 아무도 믿지 않는다. 언젠가 앞으로 닉네임을 '별'로 바꾸겠다고 선포하기도 했다. 반응은 단순했다. "좋은데요." 영혼 없는 대답만 건너왔다.

투덜이 스머프, 미스터 니예트, 창, 추당. 어떤 닉네임도 부드러움이나 따뜻함이 없다. 화가 나 있거나 냉소적이고 날카로우며 깐깐한 느낌이다. 내가 살아온 모습의 궤적을 닉네임이 그대로 표현하고 있는 건 아닐까. 그런 모습의 나를 떠나 또 다른 나로 살고 싶었다.

가족이라고 보는 눈이 다를 리 있을까. 가족에게는 사랑의 눈길이 먼저 아니냐고? 당장 불편한데 사랑은 무슨. 아내와 아이에게 지적 아닌 지적을 당하다 새삼 알았다. 이 나이까지 몸과 마음에 쌓인 찌꺼기들이 얼마나 단단한지를.

· · ·

벚꽃이 흐드러지게 피어난 길을 따라 걷던 어느 날 그런 생각이 들었다. 봄처럼 따뜻하고 포근한 마음으로 살아가면 얼마나 좋을까, 그런 생각. 그날 저녁을 먹다 선언했다. 내 닉네임을 봄날로 하겠다고. 봄날 같은 마음으로 봄꽃 같은 말을 하며 살겠다고 불현듯 외쳤다. 저녁 밥상은 갑자기

조용해졌고 아무도 대꾸하지 않았다. 그냥 밥이나 먹어. 말은 하지 않아도 피식거리는 눈길이 나를 보고 있었다. 봄은 쉽게 지나갔다. 꼭 지키겠다던 저녁 밥상 선언도 쉽게 사그라들었다. 내가 그렇지 뭐.

오래도록 나를 지배한 틀을 깨고 새로워진다는 게 얼마나 어려운 일인지 안다. 내가 춘당이 아니라 추당이라는 걸 잘 안다. 그렇다고 마냥 그 자리에 주저앉아 있지는 않을 생각이다. 예전 그대로 살아가고 싶지 않기 때문이다. 한 발씩이라도 항상 서 있던 자리에서 옮겨가고 싶다. 추당에서 춘당으로, 그리고 봄날로. 까칠함, 시니컬, 이유 없는 불화, 이제는 안녕. 헤어질 시간이야. 나는 이제 또 다른 나로 살아가련다. 봄날처럼 따뜻하고 포근한 사람으로.

꿈이 뭐였니?

그 많던 소설가는 모두 어디로 갔을까. 소설가가 되고 싶다고 꿈꾸게 했던, 가슴을 파고들던 이야기를 만들어 낸 사람들. 글자 하나하나로 뼈대를 만들고 살을 붙여 이야기를 꾸며내고 귀 기울이게 했던 그들. 누구라도 홀릴만한 이야기를 고치에서 명주실 뽑아내듯 술술 풀어낸 그들. 문학잡지에 또는 책으로 크고 작은 화제를 불러일으켰던 그들은 지금 어디에 있을까. 그들은 자기 작품이 별다른 흔적 없이 세월 속으로 묻힐 것이라는 걸 알았을까. 아니면 영원불멸의 작품으로 남을 것으로 생각했을까.

꿈이 뭐였냐고 묻는다면 소설가를 첫손에 꼽겠다. 나는 왜 소설가를 꼽았을까. 문장의 매력에 취해서였을까. 아니면 뭔가 폼나 보이는 작가라는 단어에 끌렸던 걸까. 소설에는 모든 게 있었다. 글, 문장, 재미, 기쁨, 웃음, 슬픔… 젊은 시절, 삶의 많은 이야기를 책으로 소설로 만났다. 상상의 나래는 어떤 장벽도 뛰어넘었고 시공간을 드나드는 것쯤이야 일도 아니었다. 이렇게 신나는 세계가 또 있을까. 무엇보다 문장으로 모든 걸 만들어 낼 수 있다는 매력이 컸다.

. . .

이십 대의 봄날, 몇 가지 짐과 함께 홀로 몸을 눕힌 지방 도시는 낯설기만 했다. 학교는 친숙해지지 않았고 태어난 지역이 달라서 말투도 다른 아이들은 쉽게 친해지지 않았다. 시간이 지나 친구들이 생기고 낯선 거리를 몰려다니며 스물의 푸릇푸릇한 웃음을 뿌렸지만, 방으로 들어서면 홀로 남았다. 그것은 자유였고 외로움이었다.

작은 부엌에는 코펠과 곤로가 가장 넓은 자리를 차지하고 있었고 반찬 그릇 두세 개, 숟가락과 젓가락이 세 벌, 작은 봉투에 담겨있는 쌀이 있었다. 책상도 없는 방은 가로세로 1미터 정도의 창문이 햇빛을 받아들이느라 안간힘을 썼다. 방문을 열면 철 대문과 조그만 마당과 수돗가가 보이는 그 방에서 문지방을 베고 누워 책을 읽었다. 수돗가에서는 세 들어 사는 옆방 아주머니가 빨래하다 말고 이런저런 말을 걸었고, 다른 방의 초등학생 아이들이 놀았다. 햇살은 작은 마당을 덮으며 서쪽으로 흘러갔고 앞집 담장 위로 솟아 있는 감나무가 햇살 가득한 마당을 내려다보고는 했다.

친숙하게 지내 온 책은 따뜻한 햇볕을 내다보며 가지고 놀기에 좋은 장난감이었다. 쥐꼬리보다 작은 생활비로 월세를 내고 교통비를 하고 나면 쓸 돈은 별로 없었다. 그 돈에서 책을 샀다. 많은 책을 살 순 없어도 읽기에 아주 부족하지도 않았다. 도서관에서 대출도 했지만, 옆에 두고 싶다는 마음에 대부분 사서 읽었다.

산문집이나 소설이 한 권씩 손에서 놓여날 때마다 며칠씩 책의 분위기에 휩쓸려 침잠하고는 했다. 그 분위기 속에서 흔들리곤 하는 게 기분 좋았다. 그렇게 산문을 그리고 소설을 섭렵해갔다. 생전 듣지도 보지도 못했던 작가를 수없이 만났고 그들의 작품을 끊임없이 읽어나갔다. 그게 누구였든지 그들을 만나는 것, 산문이든 소설이든 시든 그 작품들을 만나는 것이 즐거웠다. 사회과학 서적은 깊게 많이 접하지 못했지만 역시 손을 잡아끄는 책들이었다. 문학과 역사와 사회가 어우러져 몰려왔다. 그중에서도 단연 몸을 잡아당기는 것은 문학이었다.

대학교 때 소설 쓰기에 매달렸다면, 생각했던 대로 소설을 계속 썼다면, 나는 소설가가 됐을까. 됐다면 어떤 소설가가 됐을까. 박완서, 박경리, 황석영, 이문열, 양귀자, 이청준, 최일남, 김훈……. 한 시대를 대표하는 그들처럼 주목받는 소설가가 됐을까. 그렇다면 나는 어떻게 살고 있을까. 여기저기서 문학을 이야기하고, 이런저런 곳에서 초청받고, 쉼 없이 소설을 만들어내고 있을까. 젊은 시절 꿈꾸었던 것처럼.

이름을 말하면 듣는 사람이 고개를 갸웃하는 소설가가 되어 있지는 않을까. "그런 소설가도 있어요?"라는 소리를 들어야 하는 소설가가 됐을 수도 있겠지. 그럼 나는 어떻게 살고 있을까. 아무도 찾는 사람은 없고, 밥을 먹기조차 쉽지 않을 수도 있으리라. 문학을 원망하고 후회하며 소설 쓰기를 그만두었을까. 그래도 소설을 쓰며 힘겹게 살고 있을까.

모를 일이다. 나이가 들어도 짐작조차 가능하지 않은 일은 너무 많다. 가지 않은 길에 대한 미련은 항상 고개를 들어 돌아보게 한다. 한 번쯤은 후회하게 만드는 잔인함이 있다. 그래서 프로스트 시 한 구절처럼 멀리 끝까지 바라보게 한다.

소설가의 꿈을 접고 취직을 했다. 먹고 살아야 한다는 눈앞의 명제를 벗어나지 못했다. 생계가 불확실한 소설가보다는 회사원이 낫다는 현실적 판단이 앞섰다. 그렇게 소설가의 길을 버린 나는 그래서 잘 먹고 잘살고 있는 걸까. 나이가 들어도 가끔은 그런 질문이 툭 튀어나온다. 소설가는 아니지만, 늦은 나이에 책을 쓰고 저자가 됐다. 가끔 누군가는 나를 작가라고 부를 때가 있다. 내가 작가일까. 작가라고 불려도 되는 걸까. 작가라는 말에 대단한 무언가가 있는 게 아니라는 걸 안다. 특정한 사람만 작가로 불리는 게 아니라는 것도 안다. 그런데도 작가라고 불리면 고개가 갸웃거려진다. 나는 작가일까. 진짜 작가가 되고 싶었는데…….

퇴직했으니 어딘가 숨어서 소설을 쓰고 싶다. 진짜 소설을 쓸 수 있을지는 모르지만. 가끔 나에게 물어본다. 이 나이에 소설가는 되어 뭐하게? 도대체 왜 이 나이에 소설가를 꿈꾸는 걸까. 나도 모르겠다. 유명해지고 싶어서? 불후의 작품을 남기고 싶어서? 소설이 잘 팔리면 인세로 부자가 되고 싶어서? 이루지 못한 꿈이어서? 분명한 건 잘 모르겠다는 거다. 뭐가 진실한 답인지.

다시 꿈을 꾼다. 언제가 될지 아무도 모르겠지만, 한 작품조차 만들어내지 못할 수도 있겠지만, 등단을 못 할 수도 있겠지만, 소설가가 될 꿈을 꾼다. 돌아보기만 하던 가지 못한 길을 지금이라도 걸어 볼 생각이다. 그 길로 조금씩 걸어가는 발걸음이 나이 든 내 인생을 끌고 갈지도 모르겠다. 그 힘으로 내가 살아갈지도 모르겠다. 그 길 끝에서 내가 원하는 걸 만날 수 있기를 바란다. 가끔 나에게 물었던 질문의 답을 찾을 수 있기를 바란다. 젊어서 삶에 대한 두려움으로 버려두었던 꿈을 다시 꺼낸다. 첩첩이 쌓인 먼지를 턴다. 꿈은 아직도 생생하게 살아있다. 다시 만난 그 꿈이 반갑다.

아름다운
할아버지가 되고 싶어

초등학교 때 시장에 따라가려고 나서면 어머니는 손을 휘휘 젓곤 했다. 따라오지 말고 집에 있으라는 뜻이었다. 어린 마음에는 그 이유를 몰랐는데 나이가 들면서 까닭을 들을 수 있었다. 늦은 나이 마흔셋에 낳은 막내아들이 부끄러웠던 거다. 어쩌다 어머니를 따라 시장에 가면 손자냐는 소리를 듣기도 했다. 당신으로서는 겸연쩍고 우세스러웠으리라. 요즘이야 마흔에 아이를 낳는 게 별일 아니지만, 그때는 아주 드문 일이었다.

내가 중학교에 입학한 뒤에야 어머니는 이야기를 들려주었다. 많은 우여곡절이 있었던 출산이었다. 위로는 네 아이가 있었고, 마지막 아이를 낳은 지 근 십여 년이 됐는데 덜컥 들어선 아이. 나이는 많고 많은 마흔 셋. 그렇게 당황스러울 수가 없더란다. 더구나 시집간 큰딸과 같은 해의 임신이었다. 동네 사람들 보기에 얼마나 민망할지 충분히 상상됐다.

떼어버려야겠다는 게 어머니의 생각이었고 실제로 실천에 옮겼다. 간장을 먹으면 된다는 소리에 간장을 한 바가지씩 들이켰다. 효과가 없었다. 장독대에 올라갔다. 시간이 날 때마다 장독대에서 뛰고 또 뛰어내렸다. 그래도 별일이 없었다. 배를 손으로 힘껏 두들기기도 했다. 일부러 힘들어지칠 정도로 농사일을 하기도 했다. 여러 가지 방법을 동원했지만, 아이를 떼지는 못했다. 그렇게 막내아들인 내가 태어났다. 간신히 세상의 빛을 보았고 부실한 늦둥이였다.

조금 컸을 때 박정희 대통령 전기를 읽다가 깜짝 놀랐다. 내 이야기가 그대로 그 책에 있었다. 그 어머니가 45세에, 그리고 딸과 같은 해에 출산했다. 그것뿐인가. 늦은 임신이 부끄러워 박정희를 낙태시키려던 방법이 내 경우와 거의 똑같았다. 어려움을 이겨내고 극적으로 태어난 박정희는 대통령이 되었다. 그 책을 보고 고민했다. 나도 대통령이 되어야 하는 것 아닐까. 대통령은 아니어도 그 언저리쯤

가는 인물이 되는 거 아닐까. 얼마 뒤 교회에서 들은 성경 말씀은 확신을 더했다.

'*시작은 미약하였으나 끝은 창대하리라.*'

나를 위한 말씀인 것처럼 귀에 쏙 들어왔다. 나의 시작은 부실하고 미약했지만, 끝은 창대하겠지. 그런데 웬걸, 나이를 자꾸 먹어가며 느낀 건 전혀 그럴 기미가 없다는 거였다. 하느님 말씀이 틀린 걸까. 창대는커녕 허덕이며 간신히 인생의 변곡점을 통과했다. 대학교도 억지로 들어갔고 취업도 남들보다 훨씬 어렵게 했다. 결혼 역시 늦은 나이에 간신히 했고 아이를 낳는 것도 마찬가지였다. 이럴 리가 없는데 대통령 되는 게 아니었단 말인가. 딱 그저 그런, 길거리 어디서나 흔히 볼 수 있는 인생을 살아가고 있었다.

딸 아이가 태어났을 때도 참 작았다. 체중이 평균보다 적은 2.7kg이었으니 혹시 문제가 생기지 않을까 걱정이었다. 병원을 찾은 장모님이 걱정하지 말라며 기도를 해줬다. '시작은 미약하였으나 끝은 창대하리라.' 그 성경 말씀을 오랜만에 또 들었다.

그때 알았다. 아, 어른들은 그리고 책은 저런 말로 우리를 속이는구나. 그리고 또 알았다. 내 아이도 나처럼 평범한 인생을 살아가리란 걸. 그리고 또 또 알았다. 신기하게도 그런 예감은 틀리지 않는다는 걸.

시간을 걸어 살아가면 그럭저럭 어른이 되고 평범하게는 살 수 있을 줄 알았다. 대통령이 된다는 거야 꿈속에서 웃을 일이라 해도 평범이야 뭐 어려우랴. 법으로 정해진 때까지 회사 다니고, 아이들은 별일 없이 해맑게 크고, 가정은 화목까지는 아니어도 웃음이 넘치고, 병원은 감기 걸렸을 때나 가는, 그런 평범함이야 얼마든 가능할 줄 알았다.

살아보고 나서야 평범하게 살기도 쉽지 않다는 걸 알았다. 몸은 지쳐 쓰러질 듯하고, 마음 곳곳엔 상처 아문 딱지가 생기고, 잠을 설치는 걱정에 시달리고, 뉴스에서 보던 일이 나에게 생기는, 그런 과정을 거쳐야 가능한 게 평범이었다.

· · ·

소설가 김연수는 웃는 얼굴로 선한 것만 보는 할머니가 장래 희망이라고 했다. 그 말이 한때 유행처럼 번졌다. 여자는 물론이고 남자들도 고운 할머니가 되고 싶다는 말이 이어졌다. 나는 성 정체성이 분명해서 할머니가 되기는 힘들 것 같다. 대신에 나는 웃음 많은 따뜻한 할아버지가 되고 싶다. 그악스럽게 더 챙기기보다는 내어주고, 누가 싫은 소리를 해도 씩 웃어주고, 힘든 일도 아무렇지 않은 듯 살아내고, 아내에게 자주 밥도 차려주고, 누가 일을 당하면 옆에 있어 주는, 그런 할아버지가 되고 싶다.

살아오면서 잠시 착각했다. 창대함이 나의 것인 줄 알았다. 세상이 나를 위해 무언가를 예비해 놓은 줄 알았다. 너무 당연하게도 그런 건 없었다. 그래서 실망했냐고? 무슨 소리를. 그렇지 않다. 온 힘을 다해 일구어 온 나의 평범함에 만족한다. 힘들게 유지하고 있는, 불안하고 아슬아슬한 이 삶이 사실은 엄청나게 창대한 것이라는 걸 깨닫는 중이다.

지금 이 모습을 만들어 오는데 60년이라는 시간이 필요했다. 모든 걸 쏟아부으며 노력했다. 어찌 창대하지 않으랴. 지금 모습이 어떠하든 모든 삶은 창대하다. 많은 걸 바친 결과이기 때문이다.

나는 늙어갈 것이다. 어차피 늙어가겠지만, 잘 늙어갈 생각이다. 조금이라도 더 웃고, 조금이라도 더 따뜻한 마음을 가지려 노력할 생각이다. 달려오는 손주에게 활짝 웃으며 팔을 벌리는 시골길 할아버지처럼 늙어가려 한다. 누가 보아도 기분 좋고, 말 한마디 더 나누고 싶은 그런 할아버지 말이다. 자유롭고 편안하고 아름다운 모습이면 더 좋겠다. 그렇게 평범한 할아버지가 되는 게, 미약하게 시작한 내가 원하는 인생 최고의 창대함이다.

즐거운 인생 실험

　인생을 걸고 실험 중이다. 즐거운 모험이 될지 무모한 실험이 될지는 아직 모르겠다. 직장 안 다니고 월급을 받지 않으면 밥을 굶을까 아닐까, 그런 실험이다. '직장이 없으면 실업자다, 고로 나는 실업자다' 이렇게 생각했다. 아니었다. 실업자는 직장이 아니라 직업이 없는 사람을 말한단다. 직장이 있고 없고와는 아무 상관이 없다. 아, 그렇구나. 놀라운 발견이었다. 평생 직장생활만 해서 퇴직이 실업인 줄 알았다. 그런데 나는 직업이 있는 걸까, 없는 걸까. 한국말로 백수, 영어로 프리랜서를 자칭하고 있다. 이건 직업이 있는 건지 없는 건지 많이 궁금하다. 아무튼 분명한 건 월급은 없다. 월급이 매달 통장에 들어올 때는 당연한 건 줄 알았다. 샘물은 마르지 않는 거니까. 그 샘물이 말랐다. 아니, 내 손으로 샘물을 덮어버렸다. 기후위기로 샘물이 말랐다고 생각하기로 했다. 그렇지 않으면 속이 쓰릴 것 같았다.

내가 벌어들이는 소득은 때때로 제로에 근접한다. 많이 걱정된다. 다른 식구라도 그럴듯한 일자리를 갖고 있으면 좋을 텐데 그렇지 못하다. 걱정된다, 심하게. 벌어놓은 돈은 넉넉하지 않고 벌어들이는 돈은 거의 없으니 왜 걱정되지 않겠나. 심한 불안이 태풍처럼 몰려오기도 한다. 그런데 아직은 걱정 없이 산다. 밥을 굶지도 않는다. 하루 세 끼 꼬박꼬박 먹는다. 생각보다 걱정도 덜하다. 막상 발을 들여놓으니 근거 없는 배포도 생긴다. 밥을 굶기야 하겠어, 그런 배포다. 매사에 부정적인데 이럴 때는 왜 긍정적으로 변하는지 모르겠다.

가끔은 왠지 이 실험이 굉장히 즐겁게 진행될 것 같은 느낌까지 든다. 월급도 없으면서 별일 없이 살아가는, 예상을 뛰어넘어 성공하는 실험이 될 것도 같다. 이 실험의 목표는 밥을 굶지 않는 것이다. 이렇게 말하면 사람이 밥만 먹고 사느냐고 괜히 시비를 거는 사람도 있다. 그래서 빵도 가끔 사 먹는다. 고기도 드문드문 먹는다. 절반 값으로 세일 때는 소고기도 사 먹는다. 생각지도 못했던 일이다. 월급을 받지 못해도 소고기를 먹을 수 있다니.

사실은 무척 아슬아슬하다. 곳간 걱정을 하지 않을 수 없다. 너무 먹어서 비만이 사회문제인 시대에 밥 걱정이라니. 기분 좋은 일은 아니다. 가족 생계를 팽개치고 사표를 써버린 가장이라는 입장에서는 더 그렇다. 당당하고 떳떳할 구석이 없다. 그런데 이게 스릴은 좀 있다. 무기력하게 풀어지는 몸과 마음을 살짝 죄어준다. 긴장하는 마음으로 살고 싶은가. 백수가 아니 프리랜서가 되면 된다. 아슬아슬하지만 마음은 꽤 편한 편이다. 직장생활 할 때와 비교하면 월급 빼고는 모든 게 낫다. 밥 굶지 않고 별일 없이 산다. 아직은.

돈 주고 사주를 두 번 봤다. 어떤 복이 있고 어떤 어려움이 있는지 궁금했다. 아니 그런 게 궁금했다기보다 사는 게 답답해서 그랬다. 회사를 그만두고 싶은데 먹고 살 방법은 없고 답답해서 찾아갔다. 언젠가 후배가 거기 잘 본다고 추천한 곳인데, 복채가 비싸지 않다는 게 더 마음에 들었다. 별이 크게 그려진 천막을 열고 들어가니 예상보다 젊은 남자가 앉아 있었다. 생년월일에 태어난 시간을 묻더니 이런저런 이야기들을 좍 읊어줬다. '심장과 간 건강을 조심해라. 남의 말 듣고 사업 같은 거 하면 안 된다. 성격이 직설

적이니 사람과 어울리는 게 쉽지는 않을 거다.' 들어보면 맞는 이야기 같기도 하고 세상 누구에게나 해당하는 말 같기도 했다.

자기가 할 이야기를 다 마친 남자는 궁금한 게 있으면 물어보라고 했다. '밥은 굶지 않을까요?' 그렇게 물어봤다. 질문이 참 그렇다. 그렇지만 가장 궁금했다. 돈을 얼마나 벌 것 같은가 또는 언제쯤 재물 운이 들어오나 이렇게 물어보는 게 일반적일 텐데 말이다. 예전에 아는 사람이 운영하는 카페에 갔을 때 유명한 명리학자라고 소개받은 분에게도 그렇게 물었던 기억이 났다.

항상 밥이 걱정이었다. 어려서부터 밥은 풍족하지 않았다. 농부의 아들이었는데 밥을 마음껏 먹지 못했던 기억이 있다. 20년 동안 자취생활을 했는데 그때도 다르지 않았다. 굶지 않는 게 목표였다. 결혼하고 나서는 처자식 굶을까 걱정이었다. 밥이 걱정되면 돈을 많이 벌어 배불리 먹을 생각을 해야 하는데 거기까지는 미치지 못했다. 그저 걱정만 했다. 농담 반 진담 반으로 말하고는 했다. '밥 주는 사람이 제일 고마워.' 회사 다닐 때 구내식당이 공짜였다. 영양사, 밥 퍼주는 아줌마를 항상 고맙게 생각했다. 살면서 밥을 굶은 적은 없다. 그런데 왜 그런 생각이 자리 잡았나 모르겠다. 프리랜서 생활을 시작하면서 가장 걱정이 된 건 당연히 밥이다. 밥을 굶지는 않을까, 얼마나 벌어야 버틸 수 있을까, 그런 걱정을 했다.

가족과 어딘가를 가다 길을 잃었던 적이 있다. 비가 쏟아지고 안개까지 자욱한 날이었다. 잘 알고 있는 곳인데 인터체인지에서 진입로를 잘못 본 모양이었다. 앞만 쳐다보며 가고 있는데 못 보던 건물이 스쳐 지나갔다. 저건 뭐지? 건물이 새로 생겼나? 가본 적 없는 고속도로를 달리고 있다는 걸 뒤늦게 알았다. 목적지와는 전혀 다른 곳으로 가고 있었다. 깜짝 놀라 정신이 바짝 들었다. 이걸 어떻게 해야 하지? 어디서 차를 돌려야 하지? 온 가족이 당황해서 갖은 아이디어를 짜냈다. 고속도로를 내려가서 반대 방향으로 다시 올라와 목적지를 찾아갔다. 한참을 달리니 그제야 익숙한 풍경이 나타났다. 긴장했던 가족들은 이제야 됐다며 마음을 놓았다. 익숙한 길을 편하게 달리는데 아이가 옆에서 말했다. "이젠 재미가 없네. 아까는 뭔가 스릴 있고 재밌던데."

너무 익숙한 길로만 살아온 건 아닐까. 그 길은 익숙하고 편하지만 재미는 없다. 가야만 하니까 가는 길이다. 가끔은 길을 잃어야 재미가 있는 건지도 모르겠다. 월급 받는 직장인이라는, 너무 익숙한 길로만 다닌 건 아닐까. 그래서 프리랜서라는, 익숙하지 않은 길에서 불안해하는 건지도 모르겠다.

밥은 굶지 않겠느냐는 질문에 사주 보는 사람은 이렇게 답했다. '그럴 일은 없을 겁니다. 재물이 적기는 하네요. 그냥 생기는 재물이 없어요. 스스로 벌어야 합니다.' 그의 말이 아직은 잘 맞는다. 밥을 굶지는 않고 있다. 로또복권을 몇 번 샀는데 오천 원짜리도 맞은 적이 없다. 한 푼도 그냥 생기는 게 없다. 조금씩 일하면서 조금씩 돈을 벌고 있다. 사주 보는 사람 말대로 돼가는 것 같다. 믿음이 커지고 있다.

돈이 부족하다는 게 불행인지 아닌지 아직도 잘 모르겠다. 아마 죽을 때까지 모르지 않을까. 한 사람의 인생이 한 편의 드라마라면, 결말은 누구도 모르고 살아간다. 어떤 일이 생길지, 어떤 장면으로 끝이 날지는 본인도 모른다. 그냥 주어진 길을 걸어갈 뿐, 자기 방식으로 살아갈 뿐이다.

내가 걷고 싶은 길로 날마다 걷는다. 즐겁게 기쁘게 웃으며 걷는다. 내 길을 걷는다는 건, 인생이라는 드라마의 결말을 내 손으로 쓰는 것이다. 이제부터는 어디로 가는지도 모르면서 무작정 걷고 싶지 않다. 내가 원하는 길로, 내가 가고 싶은 목적지를 향해서 간다. 내 인생 마지막 도전이 기분 좋게 끝날 것을 믿는다.

퇴직, 나로 살아가는 즐거움

나에게 미안해서 내가 되기로 했다

초판 1쇄 발행 2023년 10월 16일

지은이	유인창
펴낸이	최용범
편집	박승리
디자인	전형선
마케팅	채성모
관리	이영희
펴낸곳	페이퍼로드
출판등록	제10-2427호 (2002년 8월 7일)
주소	서울시 동작구 보라매로5가길 7 1322호
이메일	book@paperroad.net
블로그	https://blog.naver.com/paperoad
포스트	https://post.naver.com/paperoad
페이스북	www.facebook.com/paperroadbook
전화	(02)326-0328
팩스	(02)335-0334

ISBN   979-11-92376-30-1(03810)

• 이 책은 저작권법에 따라 보호받는 저작물이므로 무단 전재와 무단 복제를 금합니다.
• 잘못 만들어진 책은 구입하신 서점에서 교환해드립니다.
• 책값은 뒤표지에 있습니다.